「十二月でこれなんだから、
来月になったらどうなるかしらね……」
「でも智子お姉様、
とっても綺麗ですよ。
ほら、雪が舞ってます」
サイレントウィッチーズ
スオムスいらん子中隊
ReBOOT! HILJAINEN NOIDAT
SUOMUSIN SOPEUTUMATTOMIEN LAIVUE
Maailma oli saanut hyökkäyksen yhtäkkiä ilmestyneen mysteerin olemassaolosta. Vain tytöt, joilla on taikuutta, voivat taistella heitä vastaan. He asentavat aseita omaan kehoon ja taistelevat taivaalla, maalla ja merellä. Taistelu tytöistä, jotka puolustavat maailmaa, alkavat nyt.

迫水ハルカ　一等飛行兵曹

Ylikersantti
Haruka SAKOMIZU

原　　隊：扶桑皇国海軍
　　　　　横須賀航空隊
身　　長：153cm
誕 生 日：4月1日（14歳）
使 い 魔：タヌキ
使用機材：宮菱 A6M 十二試艦上戦闘脚
使用武器：ルイス機関銃

技量は最低クラスで敵よりも味方を誤認射撃することが多く、別の意味で恐れられる。智子を人生最良の師匠として崇め、昼夜問わず身体を触りたがる。

穴拭智子　少尉

Vänrikki
Tomoko ANABUKI

所　　属：扶桑皇国陸軍
　　　　　明野飛行学校実験中隊
身　　長：160cm
誕 生 日：12月5日（16歳）
使 い 魔：キツネ
使用機材：長島 キ27 九七式戦闘脚
使用武器：九六式軽機関銃、扶桑刀「備前長船」

扶桑海事変で活躍し、「扶桑海の巴御前」として名を馳せる。スオムス派遣は当人の望むところではなかったが、各国からのはみ出し者を鍛え上げるべく奮闘する。

エルマ・レイヴォネン　中尉

Luutnantti
Elma LEIVONEN

所　　属：スオムス空軍
　　　　　第3機械化歩兵大隊第2中隊
身　　長：162cm
誕 生 日：6月4日（15歳）
使 い 魔：ミンク
使用機材：ファロット G50
使用武器：M1926軽機関銃

生まれついての不幸体質が災いし、いらん子中隊の中隊長を押しつけられる。右往左往しながらも中隊の戦闘能力を上げるべく智子と共にかけずり回る。

サイレントウィッチーズ スオムスいらん子中隊ReBOOT!

原案：ヤマグチノボル　原作：島田フミカネ&
Projekt World Witches　著：築地俊彦

角川スニーカー文庫

21153

Illustration：島田フミカネ、月並甲介
Design work：沼 利光（D式　Graphics）

HILJAINEN NOIDAT
SUOMUSIN SOPEUTUMATTOMIEN LAIVUE

SISÄLLYS LUETTELO

イラスト：島田フミカネ、月並甲介
Illustration : Humikane Shimada / Kousuke Tsukinami
design work : Toshimitsu Numa（D式 Graphics）

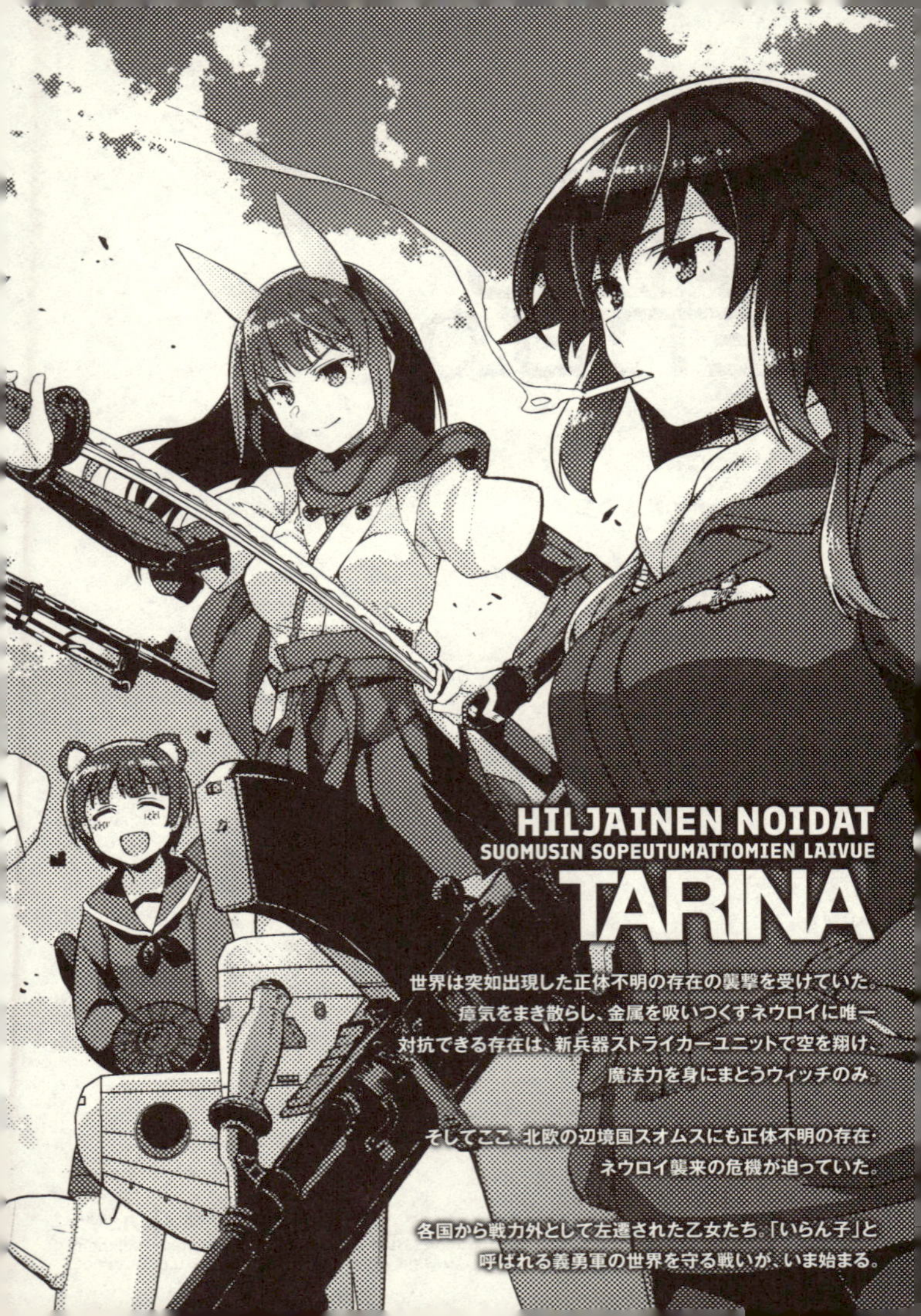
HILJAINEN NOIDAT
SUOMUSIN SOPEUTUMATTOMIEN LAIVUE
TARINA
世界は突如出現した正体不明の存在の襲撃を受けていた。
瘴気をまき散らし、金属を吸いつくすネウロイに唯一
対抗できる存在は、新兵器ストライカーユニットで空を翔け、
魔法力を身にまとうウィッチのみ。
そしてここ、北欧の辺境国スオムスにも正体不明の存在・
ネウロイ襲来の危機が迫っていた。
各国から戦力外として左遷された乙女たち。「いらん子」と
呼ばれる義勇軍の世界を守る戦いが、いま始まる。

HILJAINEN NOIDAT
SUOMUSIN SOPEUTUMATTOMIEN LAIVUE

MAAILMAN KARTTA 1939

MAAILMA

EUROOPPA

序章
JOHDANTO

HILJAINEN NOIDAT
SUOMUSIN SOPEUTUMATTOMIEN LAIVUE

やつらは人間より以前からこの星にいた、という説がある。

人類が文字を発明し、粘土板に痕跡《こんせき》を残すときにはすでに存在しており、星の主人であったという学説だ。原始の海洋で藍藻《らんそう》が酸素を吐き出したころにやつらは生まれたと主張し、化石の中から証拠を見つけ出す。当たり前だがこれは学界からは異端と呼ばれており、学術雑誌よりも怪しげな雑誌にセンセーショナルな表題と共に載ることが多い。異端もいいところだが信奉者はいて、学界で無視されてはそのたびに復活してくる。

生物なのか無機物なのか、それとも得体のしれないなにものかなのか。学界の意見はいくつもあり、まるでまとまる様子がない。説がいくつもあるというより、各々が勝手なことを言っている状況に近かった。

なんにせよ、連中とじかに戦っている人間にとってはどうでもいいことだ。

やつらは怪異《ネウロイ》と呼ばれている。

生物とも無機物とも違う異形の存在。どこからともなく現れ、地表を蹂躙《じゅうりん》し、文明を破壊する。形は様々だが人間を攻撃するという一点において共通しており、ためらいはない。陳腐な表現をすれば「人類の敵」であり、これ以上の表現方法もなかった。

やつらは常に人類を上回った。単体でも人間より圧倒的に強く、剣や槍《やり》も歯が立たない。かつては近づくだけで狂死することもあったという。人類が火薬による飛び道具を手に入れてからは多少有利になったが、その次には集団で攻めてくるようになった。やつらの出現するところには決まって死がばらまかれ、悲惨な状況が訪れる。先祖伝来の土地から追い出され、あてもなくさまよう集団が続出した。

課せられた試練と割り切るには、あまりに酷《ひど》すぎる。人類はどうにかしてやつらに対抗できないかと、必死になって模索し続けた。

そして唯一、やつらと戦える存在を人類は手に入れた。彼ら、いや彼女たちは魔女《ウイッチ》と呼ばれている。

人類を破滅の淵《ふち》から救う唯一の存在。ストライカーユニットと呼ばれる兵器を装着し、武器を手にネウロイと戦う天翔《あまがけ》る天使たち。ウィッチたちは多くのネウロイと戦い、多くの勝利を収め、多くの敗北を経験した。

人類の救世主たるウィッチとネウロイの戦い。その最大のものは第二次ネウロイ大戦と呼ばれている。世界の半分を巻き込んだ戦いは欧州を中心に暴風のように吹き荒れ、鎮静化するのに長い年月と多くのウィッチを要した。

だが、あの戦いはここでは語られない。人類が経験した未曾有《みぞう》の大戦。あれはあまりに長すぎ、どれだけの時間があっても全てを語るには足りないのだ。

代わりにもっと小さく、力強い物語をはじめよう。これより紡がれるはずっと以前の物語。北欧の小国に灯《とも》った小さな希望と無名のウィッチ。彼女らの戦いが、やがて歴史に栄光の二文字を刻み込む、伝説の物語である。

第一章 LUKU 1

HILJAINEN NOIDAT
SUOMUSIN SOPEUTUMATTOMIEN LAIVUE

余った人たち

一九三九年十月。扶桑《ふそう》皇国。

高度三千メートルの空は澄み、空気は冷たい。秋の関東地方は色づいた木の葉のおかげで赤く染まり、典雅な振り袖《そで》衣《い》裳《しょう》にも見える。風でときおり波打つ姿は、染め抜いた布地を川にさらしているかのようだ。山々の間に寄り添っている集落も、職人が施した模様に感じられた。

穴拭智子《あなぶきともこ》少尉はその上空を飛んでいた。

息を大きく吸ってから、吐く。もう一度吸って、吐く。何度か繰り返し、冷たくて新鮮な空気を堪能《たんのう》する。それから身体をゆっくりロールさせると仰向《あおむ》けになり、地に向けていた目を上にやった。

本日は快晴。空には一片の雲もなし。

起伏の多い国土に比べて空はどこまでも続き、ひたすら蒼《あお》い景色が広がっている。顔に差し込む陽光も、眩《まぶ》しいが心地よいものとなっていた。

この国は狭い、と彼女は呟《つぶや》く。それは少ない平地を取り合うようにして乱立している建物を見ても明らかだ。

「だけど、空は広い！」

今度は大きく口に出した。空の大きさは万国共通だが、狭い街並みを見て育った彼女にとっては、なによりも大切なものに思われた。

仰向けの身体を、元に戻す。

身体にまとう白衣と緋袴《ひばかま》。それに腰まである黒髪はほとんど巫女《みこ》だ。事実彼女はこの姿で出歩いていて、社《やしろ》までの道を聞かれたことがある。相手がお年寄りなので断るわけにもいかず、適当に案内したらちゃんと到着したので拝まれてしまった。

彼女の職業は巫女ではない。世界をネウロイから守る少女、ウィッチなのである。

それは頭から生えているキツネの耳を見ても分かる。ウィッチが魔力を発揮するときには、使い魔である動物の耳や羽が必ず出現していた。

なにより、彼女の両脚にはネウロイに対抗するための強力な兵器、戦闘脚《ストライカーユニット》が装着されていた。内部には魔導エンジンが搭載され、魔力によってプロペラを発生させてウィッチを空へと押し上げる。ストライカーユニットが実用化されたことによってはじめて、人類はネウロイと互角に戦うことができたのだ。

かつては彼女もこのストライカーユニットでネウロイと戦い、幾度も死闘を繰り広げた。その一九三七年の戦い、通称「扶桑海事変」はやや大きめに見積もられた戦果と共に宣伝され、智子自身も「扶桑海の巴《ともえ》御前《ごぜん》」というくすぐったくなるような渾名《あだな》を頂戴《ちょうだい》した。

あの戦いから二年がすぎた。今は扶桑にいる。智子も今は実戦部隊ではなく、陸軍明野《あけの》飛行学校飛行実験隊に所属していた。

前方に目をやる。訓練空域が近づいていた。

両手を使い、二、三度自らの頰を叩《たた》く。

「よし！」

気合いが入った。高度三千メートルの寒さも忘れた。

今日の模擬空戦の相手は加藤武子《かとうたけこ》。やはり扶桑海事変において名を揚げたウィッチだ。一見穏やかそうな外見であり、戦い方も堅実。それでいて妥協を許さない粘り腰はどう考えても指揮官向きで、実際空中指揮官として誉れ高い。共に扶桑海事変で戦った、親友でもある。

「でも、空戦の腕前はどうかしらね」

決して見下すわけではない。武子の指揮能力は認めている。間違いなく自分より上だ。

それに彼女の使っているストライカーユニットはキ43。扶桑海事変の戦訓から防御面を向上させつつ、あの宮藤一郎《みやふじいちろう》博士の理論を全面的に取り入れたぴかぴかの新鋭機だった。比べて智子の履いているストライカーユニットは、長島飛行脚製造の九七式戦闘脚。使い慣れた愛機だが、さすがに目を剝《む》くような高性能とは言い難《がた》い。二年前の正式採用直後はまぎれもない新型だったのだが、急変するネウロイ情勢があっという間に置き去りにしてしまったのだ。

それでも、と彼女は思う。格闘戦ならいまだ右に出るストライカーユニットはないし、空戦なら智子だって少しは自信があるのだ。

「……とはいえ、いつも通りに格闘戦に付き合ってくれるかしらね」

付き合ってくれればお慰みだ。地上では肩にたくさんの星をつけたお偉いさんが固唾《かたず》を呑《の》んで見守っているはず。舞台に上がった役者の気分になる。

なら役者らしく派手にいこう。腰に手をやり、ゆっくりと扶桑刀を引き抜く。

先祖伝来の業物、「備前長船《びぜんおさふね》」を刀鍛冶《かたなかじ》に持ち込み、二尺二寸の軍刀拵《ごしら》えにしてもらった。智子は機銃だけではなく、これを使ってネウロイを撃墜してきた。

一応模擬空戦専用のガンカメラは所持している。これを構えて相手を中央に捉《とら》えれば「当たり」判定だ。だがそうはしない。

格闘戦こそが彼女の本領なのだから。互いの腰には吹き流しが着けられている。これを切断すれば勝利の判定が下される。智子は九七式戦闘脚の利点を存分に活《い》かすつもりでいた。

耳につけたウィッチ専用のインカムに、少しだけ雑音が流れる。それからはっきりとした音声が聞こえた。

『智子、準備はいい？』

「ええ」

武子の問いに答えながらうなずく。切りそろえられた前髪がぱらりと動いた。

整った顔立ちの中から、わずかに挑戦的な笑みが漏れた。所属している扶桑陸軍明野飛行学校周囲の女学生たちは、この仕草を見るたび失神するという。

前方にぽつんと黒点が浮かんだ。見る見るうちに大きくなっていく。

武子と彼女のキ43。模擬戦のルールは決まっている。まずは同高度、真っ正面からすれ違う。あとは自由に攻撃開始。

相対した二人はどんどん距離を詰める。武子の端整な顔立ちがはっきり見えるようになってくる。

風と風が音を立てて交錯する。ほぼ同時に武子の声がインカムに流れた。

『遠慮なくいくわよ』

「かかってらっしゃい」

智子は沸き上がる興奮と共に受け止めた。

「格闘戦でキューナナに勝てるストライカーユニットがないことを教えてあげる」

後ろを見ると、武子は上昇をはじめていた。速く、力強い。マ25魔導エンジンは前評判通りの力を発揮しているようだ。

「さすが新型ね……！」

上昇してこちらの頭を押さえるつもりだ。一般に空戦は頭を押さえた側が勝つ。位置エネルギーの運動エネルギーへの変換が容易、つまり落下スピードが加算されるので相手に追いつけるし逃げるときも楽になる。そもそも上より下を見る方が楽だ。

智子としてはぼんやり飛び続ける義理もない。少し遅れて上昇に入った。

魔導エンジンが回転数を上げる。二人は互いを認識しながら高度を稼いでいく。じりじりと武子の身体が上へと伸びていく。智子の九七式が遅れているのだ。搭載されているマ一型乙魔導エンジンは、キ43のマ25よりも最大馬力で劣る。先に限界がやってきていた。

上昇を諦《あきら》め、身体を返して降下に移る。武子はすぐさま察知し、やはり降下に入った。

振り返る。武子はどんどん距離を詰めていた。速度と高さに優越しているため、急速に智子との差を縮めつつあった。

「どう智子! キ43の力は⁉」

武子の声。彼女もまたガンカメラは構えず、扶桑刀を手にしていた。

「あなたの勝負、乗ったわ!」

格闘戦で決着をつけるつもりだ。今日の模擬戦は単なる訓練ではなく、九七式とキ43の比較も兼ねている。お偉いさんが見学しているのもそのためだ。あるいはこの勝負で、キ43の採用が見直されるかもしれない。

智子は笑みを浮かべる。自らの魔力と九七式の旋回性能には自信がある。相手がどんな新鋭機だろうと、真っ二つにしてみせる。

智子は振り返る。武子と真正面から向き合った。速度に差はあるが、正面対決の恰好《かっこう》になる。

備前長船を構える。白刃が空気を切り裂いた。

「もらった!」

「もらったわよ!」

同時に声が出て、すれ違った。

互いに刀を吹き流しめがけて振り下ろす。どちらの刃もあと一歩のところで届かない。切れ込みも入っていなかった。

智子は旋回。武子は速度の優越を利用するため、いったん下降してから旋回半径を小さくしながら上昇した。

次の攻撃は武子が先手。白刃がきらめいた。

智子は寸前のところで身体を横滑りさせ、切っ先をかわしていく。

「くっ！」

悔しそうな声が聞こえる。智子はあえて挑発するように言った。

「ほらほら、どうしたの!? そんなことじゃ正式採用が遠くなるわよ！」

「言ってなさい！」

武子は扶桑刀を引く。腰近くに刀を置き、居合いに似た構えをとる。

速度が上がり、武子の身体が急速に接近してきた。裂帛《れっぱく》の気合いと共に、吹き流しを両断するつもりだ。彼女はこのやり方で多くのネウロイを屠《ほふ》ってきたのだ。

だがこれこそ、智子が狙った瞬間だった。

武子が後ろを取り、刃が流れるその刹那《せつな》。

智子の姿は武子の視界から消えていた。

彼女はストライカーユニットを左右別に向け、身体を無理矢理起こすと宙返りをし、真後ろをとったのだ。

これこそが智子が得意としている空戦技、つばめ返しだった。

備前長船が光る。武子の吹き流しは、あっという間に両断されていた。

「……やられた……」

武子は悔しさにため息を乗せていた。

「どんなもんよ」

智子は切断した吹き流しを手に、武子の隣を飛ぶ。

「格闘戦でキューナナに挑もうってのが間違ってるのよ」

「どっちかといえば、扶桑海の巴御前に挑んだのが間違いだったわね」

と武子。智子は勝利の余韻に浸りながらロールを繰り返した。

「こんなんじゃ、それの正式採用もお流れになるんじゃない？」

冗談交じりの言葉であったが、武子の返答は予想外に真剣なものであった。

「それはないわ。キ43の優位は揺るがない」

「えー？　格闘戦での優越は優先順位高いでしょう」

「これからはそんな時代じゃなくなる」

武子は高度を落としながら言った。

「必要なのは編隊での戦闘機動と、なによりも速力よ。速ければ敵に逃げられることもない。敵に追いつかれることもない。空戦の様相は変わるの」

「そんなことないわよ。やっぱり格闘戦が空中での勝利の鍵《かぎ》よ。戦闘機動で敵の後ろに食いつけばエースになる。私は扶桑海事変で、そうやってネウロイを墜《お》としたんだから」

この言葉に嘘はない。智子は九七式戦闘脚の卓越した旋回性能と、それを存分に活《い》かした技量で勝利を重ねたのだ。戦場で生き残ったのは、ひとえに愛用しているストライカーユニットのおかげだと確信していた。

それでも武子は、耳を貸さないかのように語り続ける。

「いいえ、十分な防弾性能と編隊機動。火力、速力。それで生き残る時代になる。あなたみたいに個人技量に頼っていたら、いつかどこかでつけを払うことになるの」

「ちょっと、負けたからって屁理屈《へりくつ》こねてない？」

「変なこと言わないで、今日の模擬戦で確信したのよ。……ねえ智子」

武子は智子の顔を見た。

「今度の欧州派遣、聞いているでしょう」

「もちろん」

現在の欧州はネウロイの侵攻がはじまり、危機に瀕《ひん》している。ダキア、オストマルクはほぼ陥落し、帝政カールスラントは食い荒らされつつあった。先の大戦以上の危機的状況に国際社会は団結し、欧州へのウィッチ派遣を決定したのだ。

極東の大国、扶桑も例外ではない。扶桑海事変の経験者を中心に人選が進みつつあった。

「カールスラント派遣でしょう。腕が鳴るわ！」

智子は武子に向かって言う。

「明野じゃ私たちが選ばれるって言われている。私たち二人なら怖いものなんてないわ。欧州のウィッチたちに腕前を見せつけてやろうじゃない！」

智子は興奮を抑えきれず、上昇してループに入る。一回、二回。下でお偉いさんが見ているのもお構いなしだ。

彼女の胸は欧州派遣への期待感で一杯だった。自分とこの九七式戦闘脚。そして大親友の武子さえいれば、どこまでだって飛べるし、戦果を挙げられるのだから。

浮かれる智子とは対照的に、武子は考えごとをしている。そしてゆっくりと着陸態勢に入りつつあった。

扶桑から欧州へ派遣されるという噂は、陸軍中で話題になっていた。そしてそれは噂ではなく、すぐ現実の物となった。大々的に発表がされたのだ。新聞とラジオは一斉にこの

ことを報じ、派遣要員には辞令が下されたのである。

新聞記事を読み、興奮冷めやらない智子は、上官に呼ばれるや否やなにもかも放り出して向かった。廊下をずかずか進み、誰も見ていないときは走り、いかにも気合いに満ちた足取りで部屋の中へと入った。

中には武子がいる。同じように呼び出されたらしい。やはり私たち二人が行くんだと、智子は気持ちを新たにした。

上官の鷲住《わしずみ》中佐は、四十代半ばの男性だ。薄くなった頭髪を、ときおり未練がましく撫《な》でていた。

「二人に来てもらったのは他でもない」

と鷲住は話し出した。

「察しはついているだろう。政府が扶桑から欧州への派遣を決定した。昨日参謀本部と軍令部が編成を命じられ、さっそく着手することになった」

智子はちらりと鷲住の前の机に目をやる。辞令らしき紙が伏せて置いてあった。参謀本部はとっくに人選をすませていたのであろう。軍内部で噂になっていたことからもそれが分かる。

「第一陣として、明野飛行学校からも二人ほど出すことになった。それで君たちに来てもらったというわけだ」

「やった！」

智子は腕を突き出して喜ぶ。鷲住が渋い顔をした。

「穴拭少尉、ずいぶん嬉《うれ》しそうだな」

「当たり前じゃないですか。待ちわびていたんです。もう腕が鳴って鳴って」

智子はプロペラのように両腕をぐるぐる回転させる。武子はぶつからないように離れ、
鷲住は「それでも士官か」とぼやいた。

「欧州がそんなに楽しみだったか」

「全力を尽くす所存です！」

「まあ……喜ぶのはいいことだ。出発前から士気が下がっているようでは困るからな」

鷲住はいったん咳払《せきばら》いをしてから言った。

「では辞令を下す。扶桑皇国陸軍明野飛行学校所属、加藤武子少尉」

「はっ」

武子が返事をする。鷲住が伏せられた辞令を表にした。

「右、カールスラント派遣を命ず」

武子は辞令を両手で受け取った。

もう一枚が表にされる。

「扶桑皇国陸軍明野飛行学校所属、穴拭智子少尉」

「はいっ」

「右、スオムス派遣を命ず」

「……は？」

聞き慣れない国名を耳にし、智子は辞令を受け取るのも忘れ、ぽかんとした。

「スオ……ムス……？」

鷲住中佐は、硬直したままの智子の前で、辞令をひらひらさせた。

「どうしたのかね、穴拭少尉」

「カールスラントじゃないんですか……？」

「そうだ」

「スオムスってどこですか……？」

「北欧の国だ。やはり派遣要請が来ているのでウィッチを送ることになった。早く受け取りたまえ」

「……どうしてですか⁉」

智子は相手の階級が自分よりいくつも上なのを忘れ、食ってかかった。

「カールスラントだと思っていたのに、スオムスってなんですか！　私は扶桑海の巴御前ですよ⁉」

「その渾名《あだな》は恥ずかしがっていたと聞いたが……」

「スオムスって国にもネウロイが侵攻したんですか⁉」

「まだのようだ」

鷲住は壁にかかっている世界地図を見る。ネウロイが出現した地域は赤く塗りつぶされていた。

「ただいつ侵攻されてもおかしくない状況ではある。他国も派遣するようだし、我が国が無視するわけにもいかないからな。だから陸軍からは一名を……」

「カールスラントで存分に戦えるって思っていたんです！」

智子はほとんど悲鳴のように叫んでいた。

「ネウロイをいくらでも墜とすつもりなのに！　どうして武子がカールスラントで私は……武子⁉」

隣を向く。武子は特に驚いた様子を見せず、辞令を丸めていた。

「ねえ武子、武子もなんとか言ってよ！」

「…………」

「武子ってば！」

武子は足を揃えると鷲住に頭を下げた。

「失礼します」

そして部屋から出ていく。智子は急いで後を追った。

「ちょっと待って、待ってってて！」

先に行く武子を追い越し、智子は振り返った。武子の行く手を遮る形になった。

「どうして私がスオムスなの!?　なんで!?」

「……あなたはいつも、自分中心なのね」

武子が呟《つぶや》くように言う。

「私に言えることは、命令が下された。それだけのことよ」

「だって二人でカールスラントに行こうって言ってたじゃない！」

「ウィッチだって軍人よ。命令に違反はできないでしょう」

「だっていきなりスオムスなんて……あ！」

智子は思わず親友の顔を凝視した。

「あなた、私がスオムス行きだって知っていたのね！」

「ええ」

武子は答えた。智子は睨《にら》む。

「じゃあ教えて。なんであなたがカールスラントで、私がスオムスなのよ」

「……言っても、今のあなたには分からないでしょう」

「私のことを馬鹿にしてるの⁉」

「違うわよ」

武子はゆっくり首を振った。

「あなたにはスオムスが必要なの」

「必要じゃないわよ！　私をカールスラントが待ってるの！　ネウロイが私に墜とされるために群れをなしてるんだから！」

「それが分かってないって言うの」

武子は智子の横を通り、廊下から正面玄関に出ようとする。

外では新聞記者が待っている気配がする。辞令が出たので取材をするつもりなのだ。きっと武子にフラッシュを浴びせ、ペンとメモ帳を手にした記者が多くの質問を投げかけるだろう。カールスラント派遣はそれほどのニュースだ。

だが自分は？　自分はどうなる。スオムス行きで新聞記者が興味を示すのか。そこにどんな価値があるのだ。

「武子！」

外に出ようとした親友に呼びかける。武子が足を止める。そのまま応《こた》える。

「……なに」

「あなた悔しいんでしょう！」

智子は叫んだ。

「模擬空戦で私に負けたからって！　認められないのね、自分の腕が劣るってこと。だから嫌がらせして、私をスオムスに送ったのよ！　きっとそう！」

「………………」

「あんたなんか友達じゃないわよ！　こんな嫌がらせするのは、友達なんかじゃない！」

武子は振り返らない。しばらくその場にいたあと、なにかを振り切るようにして言葉を残す。

「……いずれ分かるときが来るわ……」

武子は玄関の扉を開ける。フラッシュの洪水が彼女を包んでいた。

＊　　＊　　＊

欧州のブリタニアといえばかつての覇権国家で、今でもそこその国だ。国土は小さいものの卓越した政治力と強大な海軍によって欧州で発言力を保持している。もっとも、どんな国際会議だろうと必ず顔を出しては主人ヅラする態度に、忌々しく感じている国家も多い。

だがネウロイの脅威が明らかになっている現在では、そうも言っていられない。万が一、欧州大陸《コンチネント》が陥落した場合は、ここが人類の拠点となるのだ。そのことはブリタニアも重々承知していて、カールスラント方面にウィッチを派遣していた。

ブリタニアのバギントン空軍基地。第４０３飛行隊《スコードロン》の駐留基地であるこの飛行場は、夜中はとても静かになる。周囲のほとんどが牧草地か森林でひとけがないせいだ。基地の周囲に歩哨《ほしよう》を配してはいるのだが、これははぐれ牛が迷い込むのをいち早く発見するためである。牛とはいえ民間資産だ。万が一航空機で轢《ひ》いたら補償だなんだで大変なことになる。

だがその日の夜、交代したばかりの歩哨が見つけたのは牛ではなかった。腹に響く空冷二気筒エンジンの唸《うな》り声とヘッドライトの灯《あか》り、そしてブラフ・シューペリアＳＳ１００の姿だったのである。

世界で四百台とないオートバイは、唖然《あぜん》としている歩哨の前で停止した。エンジン音が止まり、ライトの灯りが消えてから運転していた人物が下りる。

その人物は女性であった。顔にかかる長髪をうるさそうに後ろにやってから、航空用のゴーグルをとる。アイスブルーの瞳《ひとみ》は鋭さを帯びて歩哨のことを捉《とら》えたが、すぐに厭世的《えんせいてき》な色へと変化した。

彼女は自らのポケットを探る。目当てのものが見つからないのか、わずかに顔をしかめて何度もまさぐった。リー・エンフィールド小銃を肩にかけた歩哨は、それらの仕草をぽかんと眺めていたものの、我に返って言った。

「ビューリング少尉！　とっくに門限すぎてますすよ！」

言われた女性、ビューリングは意に介さず、ポケットをひっくり返す。なおも歩哨は言った。

「ビューリング少尉！　司令が腹立ててます！」

「……なあ、タバコ持ってないか？」

ビューリングは探すのを諦《あきら》めて訊《き》く。

「どこかで落としたらしい。田舎道ってのはこれだから困る」

「持っておりません」

「嘘つけ」

年若い歩哨はビューリングのセリフに鼻白んだものの、また言った。

「十分おきに司令がビューリングはまだかと訊いてくるんです。出頭命令出てましたよね」

「まあな」

「どちらにいらしてたんですか」

「酒場《パブ》」

「飲んでるんですか⁉」

歩哨は仰天した。

ビューリングの足元に乱れはなく、顔も赤くない。それでもなお、これから飛行隊司令に会おうという人間が一杯引っかけてくるというのは、常識外れであった。

「こっちはロンドンから飛ばしてきたんだ。偉いさんの前に好きこのんで顔を出すやつがいると思うか？」

「そりゃいませんが」

「だろう。だから私は酒場《パブ》でゆっくりスコッチを傾けつつ、ボルトン対ダービーの結果を待ってたんだ。ボルトンに賭《か》けてたからな」

「勝ったんですか」

「ダービー出身者は全員ネウロイの手先だ」

そう答えると、彼女は門から離れたところの柵《さく》を指さす。

「私があそこらへんを乗り越えたってことにすればいい。そうすれば君の勤務評定に傷はつかない」

ビューリングはもう一度髪を掻《か》き上げると、ゆっくりと門から基地内に入る。歩哨は呆《あき》れてその姿を見送った。


ブリタニア空軍第403飛行隊《スコードロン》はウィッチ部隊だが、司令官は男である。ネウロイとの戦闘激化にともない急速に部隊数を増やした結果、指揮官クラスのウィッチが足りなくなったのだ。そのため部隊の最高階級保持者が男性というケースはしばしば見られる。無論ウィッチと一緒に飛ぶことはなく、指揮は地上から執る。

中佐の肩章をつけた男性は、パイプを咥《くわ》えながら忌々しげにブリタニア空軍一の問題児を見つめていた。

問題児ことビューリングは対照的に涼しい顔をしている。それがかんに障ったのか、中佐はマウスピースを力を込めて囓《かじ》った。

「これで何度目の規則違反だ、ビューリング少尉」

ビューリング少尉はゆっくりと指を折って数えた。

「三十二回目です。サー」

がりっと音がする。中佐がマウスピースを噛《か》みつぶしたのだ。同時にこめかみに血管が浮く。

「なにがですか」

「三十二本目だ」

中佐は役立たずになったパイプをゴミ箱に放り込んだ。

「私が噛みつぶしたパイプの数だ。そして貴様の規則違反は三十三回目だ！」

「道理で」

「なにが道理で、なんだ」

ビューリングはゴミ箱の中を覗《のぞ》く。使えなくなったパイプが積もっていた。

「いえ、司令がお使いになっているパイプです。道理で安物ばかりだと」

「私だってダンヒルを使いたい。ピーターソンでもいい」

「見事な趣味です」

「貴様もはじめたらどうだ」

「安い給料ではとても」

「規則違反を繰り返しているからいつまでも安いままなんだ！」

中佐は苛立《いらだ》たしげに机を叩《たた》く。そしてパイプに火を点《つ》けようとマッチを手に取ったが、ゴミ箱へ投げ入れたことに気がついた。一瞬、中を探ろうとしたが、中佐ともあろうものがゴミ漁《あさ》りは問題あると感じたらしく、パイプを咥える動作だけで我慢していた。

ビューリングが言う。

「門限を破ったために給料が安くなる。規則として正しいですが、軍人の待遇を悪くするのは革命の元です」

「貴様が共和主義者《リパブリカン》だとは知らなかった」

「残念ながら、まだリベリオンに魂を売ってはおりません」

大西洋を挟んで反対側にある大国、リベリオンは元々ブリタニア連邦の一部だ。独立してからも友好国だが、ブリタニア人にとっては分家みたいなものである。だが揉《も》めた末の独立なので、複雑な感情を抱くときもある。

「では貴様の待遇を少しでも改善する話をしよう」

中佐は無意識のうちにパイプを手に取る仕草をしながら、喋《しゃべ》りはじめた。

「明日付で中尉になれ」

「お断りします」

　ビューリングの即答に、中佐の目が吊《つ》り上がった。

「何故だ！　これで九回目だぞ！」

「十回目です。サー」

「回数など問題ではない！」

　自ら矛盾したことにも気づかず、中佐は怒りで数度、口をぱくぱくさせた。

「いいか、貴様には協調性がない。規則もなんとも思わない。口を開けば皮肉ばかり。上司からも同僚からも部下からも孤立している」

「過分なお言葉です」

「そういうところだ！」

　中佐はまた机を叩く。ペン立てと内線電話が一瞬空中に浮かんだ。

「私も何回となく人事局にそう伝えた。あのぼんくらどもはそれでも貴様を昇進させて、いずれは中隊指揮官《スコードロンリーダー》にしろと言ってきた」

「意味不明ですね」

「理由を教えてやる。国際ネウロイ監視航空団にいたころから、貴様の腕前は秀でていたからだ！　あれだけ戦ったウィッチを、いつまでもぺーぺー扱いしていたら空軍そのものの意義が問われる。忌々しいことに、私も同じ意見だ！」

顔面は赤くなり、再びこめかみに血管が浮かび上がる。

ビューリングは中佐の激昂《げきこう》を、なんの感慨もなく受け止めていた。

中佐の顔色が、ゆっくりと元の色に戻っていく。

「どうして昇進したがらない」

「自分はたいしたウィッチではありません」

「私もそう思いたいが、実績は違うと主張している」

彼は机の片隅に置かれていた書類をとると、激しい勢いでめくった。中には、これまでのビューリングの戦いが全て記録されている。数の多さを見れば、ただのウィッチではないと理解できた。

「せめてスピットファイアに機種転換をしたらどうだ。他はみんな、慣熟訓練も終わったぞ。いつまであのおんぼろハリケーンを使い続けるつもりだ」

「確かにスピットファイアはいいストライカーユニットです。速度、高高度性能、文句はありません」

一拍置いてから、彼女は言った。

「ですが、自分には使い慣れたストライカーユニットが必要です。歩くのにはやはり履き慣れた靴が一番かと」

新鋭機への賛辞に、ようやく言うことを聞くかと期待した中佐だったが、最後の拒絶に顔面を歪《ゆが》ませていた。

「私にはさっぱり分からん」

「恐縮です」

「理解不能ついでに、貴様に選ぶ権利を与える」

中佐は机の中から二枚の書面を出した。ビューリングの前に並べる。

「好きな方を選ぶといい」

「はい？」

「こっちは中尉昇進とスピットファイアの受諾書だ。こっちは転属志願書」

はじめてビューリングの顔に疑問の色が浮かぶ。

「転属ですか？」

「国内ではない。貴様を受け入れる部隊などブリタニアのどこにもありはしないからな」

中佐はいかにも嬉《うれ》しそうに、口角を上げた。

「北欧、スオムスだ」

ビューリングは首を傾げる。彼女の不思議そうな顔が見られ、中佐は満足げに続けた。

「ネウロイの侵攻が予想されている。各国に救援要請を出しとるんだ。我がブリタニア空軍からも一人出すことになった。それが貴様だ」

「いかにも寒そうな国ですね」

「向こうの寒さはブリタニアの比ではない。しかも義勇部隊だから外国の人間ばかりだ。どうだ？　ただでさえ人嫌いの貴様にとっては地獄のような環境だろう」

中佐は椅子の背に身体を預けた。ペン立てからペンを抜いて、差し出す。

「なにも言わなくていい。義勇部隊などごめんだということくらい分かってる。私も無理強いはしたくないからな。反省したならさっさと中尉昇進を受けるんだ。指揮官ともなれば規則の重大さが分かってきっといい軍人に……おい、待て！」

中佐は慌てた。ペンを受け取ったビューリングが、なんのためらいも見せずに転属志願書にサインをしたのだ。

彼女は署名した書類を中佐に返す。中佐は啞然《あぜん》としながらも受け取った。

「ビューリング少尉、スオムス派遣を志願します。ブリタニア軍人の矜持《きょうじ》を失わず、スオムス防衛のために心血を注ぐ所存です」

「心血って、貴様は……」

転属拒否と引き替えに昇進を飲ませる腹づもりだった中佐は、いまだぽかんとした顔を戻せずに喋っていた。

「いいのか？　スオムスだぞ……？」

「本日より出発します」

「なにを馬鹿な……おいこら！」

ビューリングは敬礼をしてから踵《きびす》を返し、司令官室を出ていく。背後から「勝手にしろ！」との罵声《ばせい》が飛ぶが、彼女は背中で受け止めただけであった。

ビューリングはカーキ色の背嚢《はいのう》を一つ持っただけで基地の門を出た。見送りはなし。第403飛行隊《スコードロン》の誰にも断らずに出てきたのだから当然だ。

誰からも孤立しているという司令官の評はまったく正しく、部隊に親しいウィッチはいない。恐らくいなくなったところで気にも留めないだろう。だから荷物を整理している最中も喋らなかったし、当たり前のことであった。

正門横の詰め所に少し目をやって通り過ぎる。ちょっとしてから声がかかった。

「待ってください」

あの歩哨《ほしょう》であった。ビューリングは足を止める。

「なんだ。私はスオムスに転属となった。もうここには来ないから気にしなくていい」

「これを」

彼はビューリングの前まで来ると、緑地に赤い丸のマークがついたタバコの箱を差し出した。

リベリオン製だ。恐らく大量に送られてきた慰問品の中に入っていたのだろう。

「箱ごとどうぞ」

「いいのか？」

ビューリングの言葉に歩哨は少し笑う。

「自分はウィッチの皆さんが無事に帰還するまで禁煙しようと決めたのです。カールスラントあたりでは激戦が続いていると聞きましたので」

ネウロイはカールスラント、オストマルク方面から西に向かって侵攻している。必死の防衛戦が繰り広げられており、ブリタニアからも何人ものウィッチが派遣されていた。

「自分にできることと言ったら、これくらいしかないのです」

「下手したらいつまでたっても吸えないぞ」

「いいえ。いつかは煙突みたいに吸える日が来ると確信しております」

と歩哨は答えた。

ビューリングは手元のタバコと歩哨の顔を交互に眺める。それから言った。

「私はな……」

「噂は聞いております。ビューリング少尉がオストマルクでなにを見てきて、どのような目にあわれたのか」

「そうだ。もらっても意味がない」

「それでも自分は、少尉に受け取っていただくことが正しいと信じています」

ビューリングはアイスブルーの瞳《ひとみ》をわずかに曇らせた。対照的に若い歩哨の表情には、一点の曇りもない。

彼女はタバコの箱をポケットにしまった。

「もらっておく」

「ありがとうございます」

「こんなの半日でなくなるぞ」

「遠慮なくどうぞ」

ビューリングはオートバイにまたがる。キック一発でエンジンがかかった。ライトをつけると夜道に走り出す。

たった一人の見送りは、暗闇に彼女の姿が消えるまで、敬礼を解かなかった。

＊　＊　＊

リベリオン合衆国。広大な国土と無尽蔵の工業力を持つこの国は、「世界の工場」として名が高い。かつてはブリタニアの植民地の一つであったが、重税に耐えかねた市民たちが蜂起《ほうき》して独立を達成した。もっともブリタニア側から言わせれば、扇動家に乗せられた植民地人が後先考えず暴れた結果にすぎず、両国の歴史認識にはなかなかの隔たりがある。

唯一言えるのは、リベリオンの工業力がなければブリタニアどころか各国はネウロイに立ち向かうことすらままならないことだ。人類の勝利はリベリオンの指先にかかっていると言ってもよかった。

フロリダ沖を遊弋《ゆうよく》する空母レキシントン。リベリオン独立戦争の激戦地からとられた名を持つこの船は、新編されたウィッチ部隊の訓練をちょうどはじめたところであった。

抜けるような青空。海は存分に日差しを浴びてきらめいている。訓練でなければ日光浴でもしたいところだ、と艦長は思っていた。

艦橋の上部から海を眺めつつ、彼は言った。

「見事だと思わないかね、ロバート」

艦長に声をかけられた人物は、隣で軽くうなずいていた。レキシントンに配属されている航空団の司令である。

二人は同い年で、海軍士官学校《アナポリス》の同期でもある。プライベートでも仕事中でも、ファーストネームで呼び合うことが多かった。

ロバートは苦笑しながら艦長の方を向いた。

「ジャック、君は訓練のたびに同じ事を言うな」

「当たり前だろう。我が合衆国海軍の空母、そして配属されたばかりのウィッチたち。それらが共に訓練を積んでいるんだ。誇りたくもなるだろう」

ロバートは同意の印に、窓から甲板を見下ろす。艦長も同じようにした。

甲板には忙《せわ》しげに動き回るクルーと、綺麗《きれい》に並べられたストライカーユニット。そして五人のウィッチが並んでいた。

彼女たちは着艦訓練の真っ最中だ。どの顔も幼さを残しつつ、それでいて精悍《せいかん》さを浮かび上がらせている。人類の希望を背負う使命と共に訓練に励む姿は、艦長でなくともある種の崇高さを感ぜずにはいられなかった。

ロバートが言った。

「ついにレキシントンにもウィッチが配属されたな」

「ネウロイは水を苦手にしているとの情報もある。だとすれば、空母なら損害を受ける確率がぐっと低くなる。そのためには一刻も早い戦力化が必要だ」

艦長はウィッチたちから目を離していない。学校に入学した娘を見ているような姿であった。

「ウィッチだけではない。F4Fもあるぞ。新型を真っ先に受け取った」

「気も浮き立つというものだな」

ロバートは目を甲板から離し、やや上に向ける。窓と天井の境目あたりに黒点が現れると、すぐにウィッチの姿となった。

「さて、あの娘の着艦はどうかな」

そのウィッチは針路を外れることなく高度を落とすと、着艦直前になってから両足を前方に突き出す。少女の身体は急に止まり、そのまま甲板に叩きつけられそうになる。だが彼女は慌てることなく制動索を摑《つか》むと身体を安定させた。

「よし」

ロバートは呟《つぶや》く。甲板のウィッチたちは仲間の着艦を拍手で迎えていた。

彼は窓から目を離す。

「私は甲板に行ってくる。指揮官が直接見た方がいいだろう」

「無用なプレッシャーを与えるんじゃないか」

「それくらいで縮こまるようなウィッチは、ここにおらんよ」

ロバートは艦橋から出ていった。艦長は動かず、まだ眺めていた。

しばらくしてから背後にあるハッチが開く。見ると、髪を頭の後ろにまとめ、海軍の士官服をまとった女性が姿を現した。

女性は少しの間、中を見回してから、艦長に声をかける。

「失礼します、艦長」

「なんだね大尉」

艦長はその人物を確認してから、また甲板に目を向ける。

「これからウィッチが着艦するところだ。邪魔をしないでくれるか」

高度を低くしたウィッチが一人、着艦態勢に入る。その少女は二、三度左右にふらついたが、制動索を摑むことに成功する。クルーが何人か駆け寄って少女とストライカーユニットを持ち上げ、甲板横の駐機場所まで運んでいった。

最後まで見届けていた艦長は、軽く拍手をした。

「素晴らしい。見たまえ、一瞬不安だったが、綺麗に立て直した。我が軍が誇るウィッチたちと、新型のＦ４Ｆは最高の組み合わせだ」

「そのＦ４Ｆについてのお話です」

「サッチ大尉」

　ここでようやく艦長は女性と正対した。

「君は自分たちのストライカーユニットに不満でもあるのかね」

「そうではありません。おっしゃる通り、Ｆ４Ｆは素晴らしいストライカーユニットだと思います」

　サッチと呼ばれた女性はそう言った。彼女はこのレキシントンに配属されている戦闘航空隊の隊長であり、その才能から異例の早さで昇進を続けたウィッチであった。レキシントンにウィッチ編成の戦闘航空隊は一つしかなく、サッチがここのウィッチたち全員を束ねている。

　サッチは続けた。

「ですが、ここ数日のことで少し……」

「それなら、そこの航空団司令に話したまえ」

　と言ってから艦長は後悔した。航空団司令はさきほど艦橋を離れたばかりなのだ。

「入れ替わりになったな、大尉」

「低速での安定性に問題があるように見受けられます。メーカーが把握しているか分かりませんが、事実なら早急な改善要望が……」

「レポートをまとめたまえ」

「飛行停止も視野に入れるべきかと」

「そろそろ最後の一人が着艦するぞ」

艦長はサッチの言葉に耳を貸さず、窓に向き直る。

「とりを飾るのは誰かな」

艦長はウィッチたちを数える。それからスピーカーを使って誰が飛んでいるか尋ねた。

ウィッチの一人が艦橋を見上げる。大袈裟《おおげさ》に両手を振り、大きく口を動かした。艦長は目を細めて読み取る。

「シェリル……違うな、シンディー……でもない……キャ……サ……キャサリン……？」

艦長の顔が見る見る青くなった。

「あいつが飛んでいるのか⁉」

同時に艦橋備えつけのスピーカーが大音量でがなり立てた。

『キャサリン・オヘア少尉でーす！　着艦しまーす！』

「壊し屋《クラッシャー》オヘアがどうして飛んでる⁉」

艦長は驚きのままサッチを見る。彼女は素早く通話用マイクを掴んで、担当水兵に「繋《つな》げ」と命じた。

「オヘア少尉、どうして飛行してるの！　昨日の飛行停止一か月を忘れた⁉」

スピーカーからは陽気な声が返ってきた。

『イエース！　もうひと月たったねー！』

「馬鹿を言うんじゃない！　命令違反でもう一か月追加するわよ！」

『ミーだけ仲間外れはずるいでーす！』

「もう予備機はないのよ⁉」

『ノープロブレムでーす！』

オヘアとＦ４Ｆはレキシントン上空に姿を現すと、旋回して急激に高度を落とした。危険なほどの降下に甲板から悲鳴が上がる。サッチが叫んだ。

「オヘア少尉！　アプローチをやり直しなさい！　それじゃ艦にぶつかる！」

サッチが指示を飛ばすもオヘアはそのまま直進してくる。しかも左右にゆらゆら揺れて、まるで安定していなかった。

艦長が頭を掻《か》きむしる。

「なんであのカウガールは空に上がりたがるんだ！　どれだけ止めても同じだ！　テキサスか⁉　テキサス出身だからか⁉」

　オヘアの身体が大きくなる。いかにも明朗な雰囲気と、肉感的な身体が艦橋からでもよく分かった。そして両足に装着したF4Fは、ここぞとばかりに魔導エンジンを全開にしていた。

　甲板にいる着艦信号士官《LSO》が両手のパドルを交差させてバッテンを作る。やり直しの意味だが、オヘアはそのまま直進していた。

『ダイジョブでーす！　任せてねー！』

　サッチは急いで命令する。

「制動索を全部立てて！　関係ないものは甲板から退避！」

　サッチの隣では泡を食った艦長が、先ほどまでの「物わかりがよく、威厳に満ちた中年男性」の衣をかなぐり捨てて怒鳴っていた。

「あの女を止めろ！　いいや撃墜しろ！　全ての武器を使って構わん！　着艦前に撃墜するんだ！」

　艦長は艦内電話を摑んで叫ぶ。

「全砲塔に実弾射撃を許可する！　オヘアを撃て！　兵器使用自由《ガンズフリー》！　兵器使用自由《ガンズフリー》！」

　ただの戯言《たわごと》か、それとも正式な命令か。受け取った人間も困っただろう。隣のサッチもどうしたものかと悩んでいるようであった。

だが艦長の命令がどうあれ、結局は間に合わなかった。オヘアはかろうじて速度を落としたが、そのまま突入してきたのである。

甲板と艦橋から悲鳴が上がる。誰もが次の瞬間、全身打撲に見舞われたオヘアの身体を回収することを想像した。

しかしオヘアは激突しなかった。見事な着艦だったと言えなくもない。甲板すれすれまで落とした侵入高度はまぐれだろうと余人には真似ができないだろう。だがそのとき、どういう悪戯《いたずら》か、脚部が明後日《あさって》の方向を向いたのである。

「オー、ミスタープロペラ！　そっちを向いたら駄目ねー！」

オヘアは身体ごと転回する。かろうじて着艦したが制動索を掴み損ねた。彼女の身体は甲板上を滑り続け、よりにもよって逃げ損ねたウィッチたちのところに突っ込んだのである。

「ワーオ、どいてくださーい！」

オヘアは並んだストライカーユニットをボウリングのピンのようになぎ倒し、ウィッチたちが撥《は》ね飛ばされていく。新品のＦ４Ｆが破壊される音と、甲高い悲鳴が混ざって響いた。

「ノープロブレム、ノープロブレム！　慌てなくてもミーは平気ねー！」

オヘアの声が聞こえてくる。その言葉に耳を貸さず、サッチは甲板と連絡を取り指示を飛ばす。何人もの救護員が姿を現し走り回った。

そして艦長は、艦橋で力なく膝《ひざ》をついていた。


空母レキシントン、艦長室。

空母の艦長室は広く立派だ。調度類は豪華であり、壁には大きな絵画が架けられている。これは来客を迎え入れる必要があるためで、貧弱だと格が問われるのである。もっとも空母ほどの大きさだからできることで、潜水艦だとこうはいかない。

室内で、オヘアはほんの少しだけ汚れた恰好《かっこう》で直立していた。

彼女と向かい合う形で、艦長が苦虫を百匹くらい嚙《か》みつぶした顔をして座っている。その隣に紙製のファイルフォルダーを持ったサッチが立っていた。

もう十分近く、この状態が続いている。艦長はなにか言おうにも怒りで口がきけないようで、サッチは仕方なく立ったまま、オヘアは楽しいことを考えているのか時々口元がほころんでいた。

艦長は数回口を開けたり閉じたりした後、ようやく喋《しゃべ》り出した。

「……サッチ大尉」

傍らのサッチは感情を乗せずに返事をする。

「はい」

「事故の損失がどれくらいか、説明したまえ」

サッチは書類を見ず、記憶だけを使って説明した。

「負傷者は士官一名、ウィッチ七名。損壊したストライカーユニットはオヘア少尉のを含めて八機です」

「聞いたかオヘア少尉」

「すごい事故ねー」

心底感心したようにオヘアは答える。艦長はじろっと睨《にら》んだ。

「まったくだ。おかげで第3戦闘飛行隊《VF3》は壊滅、戦闘どころか訓練もおこなえなくなった。なのにどうしてお前は傷一つないんだ！」

「ラッキーねー」

けろりとした表情でオヘアは返事をする。艦長はもはや怒る気力もないのか、急速に覇気をなくして肩を落とした。

「いいか少尉、ウィッチは貴重だ。なのに七人が揃って医務室送り。どうやったらこんな事故が起こるんだ……」

その言葉を聞きながら、オヘアはやや首を傾げた。

「士官一人は誰ですかー？」

「ロバートだ。航空団司令」

「ホワイ？　司令はいなかったはずでーす」

これが医務室のベッドでなければやつも喜んだろうよ、と艦長は言った。

「事故のショックでひっくり返って頭を打ったんだ。ウィッチたちの隣で寝ている」

「それよりもだ、訓練中の事故は全てオヘア少尉が引き金になっている。一昨日《おととい》は着陸時の事故。昨日は離陸時の事故。今日は着陸時の事故だ。交互に起こしているのは悪い冗談か？」

怒りがやや戻ったらしく、オヘアを睨みつけた。

「せめてもの慰めは、明日は無事故が決まったことだ。ストライカーユニットは全損したからな。飛ぶことはない」

当たり前だが誰も笑わない。オヘアは笑おうとしたのだが、サッチが素早く目配せをしたので表情を引き締めていた。

「レキシントンには新鋭のＦ４Ｆが全部で三十二機あった。三十二だぞ三十二。それが全損だ。戦闘など一秒もなく、全てが事故損失」

「大変ですねー」

「まったく、テキサスで大人しく牛の世話でもしていればいいものを、どうして空を飛ぼうなどと思ったんだ！」

待ってましたとばかり、オヘアは目を輝かせた。

「ミーは空と海が大好きなんでーす」

「なんだと？」

「故郷の牧場で、いっつも想像してたねー。空がこんなに青いなら、海はどれだけ青いのかって。だから海軍に志願したんでーす」

艦長は呆《あき》れたような、戸惑ったような顔をしていたが、オヘアは構わず続けていた。

「ウィッチは最高ねー。こーんな青い海の上をいつまでも飛べまーす。心が洗われて感激でーす」

うっとりと、心底嬉《うれ》しそうな表情。艦長とサッチは、どうしたものかと考えているらしく、なにも言わずに放置していた。

オヘアはふわふわとした顔つきのまま、艦長室をさまよいそうであったが、ゆっくりと元に戻った。

「だから入れてくれた合衆国《ステーツ》には感謝してるねー。海軍のために精一杯がんばりまーす」

「その機会はない」

「ホワット？」

オヘアはきょとんとして聞き返した。

「どうしてですかー？」

「まず第一に、少尉が全部壊してしまったのでストライカーユニットがない。第二に、少尉には転属の辞令が来ている」

艦長はサッチにうなずく。サッチはファイルフォルダーを開いた。中の電文を読み上げる。

「発、合衆国海軍省人事局局長。宛、合衆国海軍航空隊第3戦闘飛行隊キャサリン・オヘア少尉。貴官にスオムス空軍への転属を命ず」

「……ホワイ？」

「ネウロイ侵攻危機に直面しているスオムスから、各国に救援要請がなされました。合衆国海軍はオヘア少尉を指名したのです」

このときサッチと艦長は、この陽気なテキサス娘ががくりと肩を落とすところを予測していた。いくらなんでも突然の転属命令は受けたくないだろうと。

あにはからんや、彼女は正反対の反応をした。

「ワーオ、素敵でーす」

オヘアは再び目をきらきらさせた。

「名誉ある任務でーす。ところでスオムスってどこですかー？　ノースダコタの隣？　ワイオミング？　ひょっとしたら西海岸ですかー？」

「北欧だ」

と艦長。

「大西洋の向こう。さらにずっと北だ」

「遠いですねー。暖かいですかー？」

「北だから寒い。極寒だ！　私もよく知らんが、きっとオーロラが見えるんじゃないのか」

「オーロラ？　虹みたいなやつですねー。綺麗《きれい》で最高でーす」

オヘアは無邪気に喜ぶ。

転属命令を聞いて嘆き悲しみ、故郷を思って泣きじゃくるであろうオヘアを存分に堪能《たんのう》してやると期待していた艦長は、あてが外れて黙り込んだ。

しばらく陽気にはしゃいだあと、オヘアは思い出したとばかりに言う。

「すぐ準備にかかりまーす」

「キーウェストへの最終便が待ってる。それに乗って出てけ」

「合衆国海軍軍人としてたくさん活躍しまーす！」

「さっさと行け！」

オヘアは追い出されるように艦長室から退出した。

オヘアと、直後に退室したサッチは並んで艦内を歩いていた。

空母とは言え、艦内の通路は人一人がすれ違うのがせいぜいだ。なので二人は並んではいるが、サッチがやや先を歩く恰好になっていた。

「……まあ、あまり気にしなくていいわよ」

サッチが口を開く。オヘアは「ホワット？」と訊《き》いた。

「艦長の罵声《ばせい》よ。事故のショックが抜けてないの。当然だけど」

「ミーは気にしてませーん」

「やっぱり気にしなさい。事故を起こしたのは事実なんだから」

「でもＦ４Ｆはよく揺れましたねー。横風ないのにふらふらでーす」

「そこは私も気になっていたのよ。Ｆ４Ｆは量産がはじまっているの。機体に事故原因があったらまずいことになるわ……」

しばらくサッチは考えごとをしながら歩いていたが、振り返った。

「機体のせいで事故が起こったなら、オヘア少尉はむしろ欠陥をあぶり出したことになるわね」

「オー、無罪放免ですかー」

「調子に乗らないの。負傷者を出した責任は取りなさい」

「海軍らしくマストの先端に吊《つ》るされますかー」

「古いこと知ってるのね。そんなことしないわよ。怪我した娘《こ》たちが揃って『キャシーを罰しないでください』って言ってたの。ずいぶん人望があるわね」

オヘアはきょとんとした直後ににこりとした。サッチは再び前を向く。

「おかげでスオムス転属くらいですんだわ。あの娘たちに感謝するべきよ」

「えへへ……」

オヘアは照れくさそうに頭を掻《か》いた。

「ミーはスオムスからみんなに手紙を書きまーす」

「それがいいわ」

「サッチ大尉にも書くねー」

「私の分はいらないわよ」

「遠慮しなくていいねー」

オヘアが上官の肩をバンバン叩《たた》く。サッチはそっと遠ざかりつつ、

「分かったでしょう。あなたに期待している人だっているんだから。気をつけて行ってらっしゃい」

タラップを下ると、格納庫に出た。フロリダのキーウェスト基地へ出発する連絡艇が、ちょうど海面に下ろされていくところであった。

＊　　＊　　＊

カールスラント南部の大都市、ミュンヘン。

ミュンヘンの歴史は古い。数々の芸術家、科学者を輩出し、文化の中心地とまで呼ばれている。中世から戦いが起こるたびに争奪戦の中心となることが多く、現在でもそれは変わっていない。今やすっかり対ネウロイの策源だった。

オストマルク方面に進入したネウロイ迎撃のための中心地として機能していた。南部防衛のための部隊は、まずミュンヘンに運ばれてから補給、再編成されて送り出される。

だがそれも、もう過去の話になろうとしている。ネウロイの強力な装甲と火力が相手で

は、人類は防戦一方にならざるを得ない。東欧、中欧の各国は次々に陥落していき、ミュンヘンは策源どころか最前線になりつつあった。

ミュンヘン近郊にあるバート・アイブリング空軍基地。滑走路脇にあるコンクリート製の建物内にある司令官室で、第51戦闘航空団《JG51》司令テオドーラ・オステルカンプ大佐は目を疑った。

「なに、これ……」

手にあるのは至急電で、つい先ほど通信士官が届けにきたものだ。罫線《けいせん》の引かれた専用紙に殴り書きされている。暗号発信された電文の解読に手間取ったらしく、士官はオステルカンプに渡すとさっさといなくなった。

彼女は至急と書かれた紙を裏返し、なにもないことを確認してから表にする。幾度か目をしばたたかせると、再び文字を追った。

見間違いではない。彼女はほんの少しだけためらうと、手にしたまま司令官室を出た。

ブリーフィングルームに入る。ざわついていた室内が、一瞬にして収まった。

室内を見回す。ウィッチは年若いことが多いが、ここにいるのはさらに若い。十代前半ばかりだ。

悟られないように、心の中でため息をつく。

　第５１戦闘航空団《JG51》は、この九月に第２３３戦闘航空団《JG233》から改称したばかりだ。さらにその前を第１３５戦闘航空団《JG135》といった。名前を変えたところで戦闘力が上がるのかは疑問が残る。ただ面子《メンツ》はがらりと変わった。古参は戦場に消え、若いウィッチばかりになったからだ。

　集団で侵攻してくるネウロイの衝撃力は尋常ではない。迎撃に飛び立つウィッチたちは次から次へ未帰還となり、三週間もすれば半分はいなくなる。生き残った腕利きも、いずれは他に転用されるか、やはり帰ってこなくなる。

　それでも空はまだましな方だ。陸上でネウロイの攻撃を受ける兵たちの絶望感たるやどれほどのものか。津波のような攻撃に飲み込まれながらも、抗《あらが》わなければならない。グラーツの攻防戦で地上軍のほとんどが壊滅する中、ルイ・フェルディナント親王は難民避難のため騎兵連隊の先頭に立ち突撃を敢行、時間を稼ぐだけ稼いだ末に全滅した。オストマルク方面からやってくる難民は引きも切らない。

　ようは贅沢《ぜいたく》を言ってる場合ではないのだ。

　オステルカンプはウィッチたちを見回した。

「傾注。本日はインスブルック方面に反撃する陸軍のため制空戦闘をおこないます。参加兵力は陸軍二個師団と我々。出撃は０９００。カールスラント南部方面の防衛はこの作戦にかかっています」

皆の顔が緊張に満ちる。薄々知っていたことだから、すぐに受け止めていた。勝利への意気込みや景気のよい叫び声は聞かれない。この反撃作戦が成功するなんて誰一人として信じていないのだ。大小限りなくおこなわれて成果を挙げなかった作戦の一つとなるに違いない。自分たちも何人帰ってこられるか分からないだろう。それでもやらなければ、もっと酷《ひど》いことになるのだ。

誰もなにも言わない。問題は次である。

オステルカンプは極力平静さを表しながら、至急電の内容を口にした。

「それから、スオムスへの義勇ウィッチ派遣のため、当部隊から一名出すことが決まりました」

はじめて少女たちの間に、動揺が走った。互いに顔を見つめ、一人が発言許可を求める。

「あの……司令、私たちの中から、一人抜けるんですか？」

「そうよ」

「非常時ですよ？　祖国がなくなるかもしれないんですよ？」

「そうよ」

動揺が絶望と怒りへ変化するのに、さほど時間はかからなかった。

無理もないとオステルカンプは思う。ウィッチたちは仲間意識が強い。しかもカールスラント防衛の義務感がある。なのに北欧の外れに連れて行かれるなんて、島流しもいいところだ。

気持ちは彼女も同じである。どこの戦線だろうと一人でも多くのウィッチを必要としている。ＪＧ５１も例外ではない。いったん手に入れたらなんとしても手放したくない。数の不足は敗北に直結するのだから。

オステルカンプはベテランのウィッチだ。今をときめくガーランドやメルダースすら、彼女からすればヒヨコにすぎない。軍上層の事情も知っている。そのオステルカンプをして、この命令には馬鹿馬鹿しさを感ぜずにはいられなかった。

ふと、彼女はブリーフィングルームの隅にいる少女に目を留めた。

艶《つや》やかな金髪を持ち、大きな丸い眼鏡をかけている。年はこの中でも一番若いはず。ブリーフィング中だというのに、我関せずとばかり本を読んでいた。

「ウルスラ・ハルトマン曹長」

オステルカンプは声をかける。

「聞いてました？」

ウルスラは小さくうなずくと、また本を読み出した。

変わった娘だと思った。どうも戦闘教本のようで、片時も手放さない。熱心だが、ブリーフィング中にまで読むのはさすがにどうなのだろうか。

まあいい。今はそういうことすら些事《さじ》だ。オステルカンプは「志願者はいる？」と言いながら一人一人を見つめた。

皆、嫌そうに目をそらす。

当然の行動だ。もう一度眺めたがやはり手は上がらなかった。

どうしようかと考える。そんな命令届きませんでしたととぼけるのが手っ取り早いが、厄介なことに通信士官が命令受信の返電を打ってしまっているのだ。出撃時間を繰り上げて、命令実行の時間がなかったことにする手もあるが、それでは地上部隊反撃のタイミングとずれが生じる。

とすれば、転属を命令しなければならない。誰にするべきか。

オステルカンプの視界の隅に、さきほどから読書中の少女の姿が、また映った。

「ハルトマン曹長、北欧に興味は？」

返事はない。周囲にいるウィッチからは「確かに、この娘にするべきだ」という視線が飛んでいた。

残酷な決断ではない。むしろ最良であろう。なにしろウルスラは十一歳なのだ。双子の姉が大変な魔力の持ち主なので、ウルスラ自身も使いものになるという判断らしいが、いくらなんでも若すぎる。ＪＧ５１に配属した人事は頭がおかしくなったのだろう。カールスラント南部の戦いは絶望的である。ここにいたところでネウロイのエサになるのがオチだ。せめて一番若くて経験のないウィッチくらいは北欧勤務にして生き残る可能性を上げるしかない。それが年上の責務というものだろう。

スオムスは北の外れである。ネウロイが攻めてこようが、カールスラントの激戦地よりはましなはず。

しかし本人の意志が不明瞭《ふめいりよう》だ。一計を案じ、オステルカンプは再び訊《き》いた。

「曹長、いつでも本が読めるところに行きたくありません？」

ウルスラが顔を上げる。

「……スオムス？」

「ええ」

「本は読み放題ですか……？」

「ええ」

「……行きます」

小さくうなずく。何故か周囲から拍手が起こった。

＊　＊　＊

扶桑皇国、横須賀《よこすか》港。海軍鎮守府のあるこの埠頭《ふとう》に、一隻の客船が横付けされていた。白い船体に描かれていた模様は塗りつぶされ、上部にはでかでかと識別用の標識が描かれている。元は民間の豪華客船だったのだが、軍によって徴用された。世界を巡るクルーズを楽しみにしていた客にとっては横暴もいいところであるものの、戦時の徴用を条件として政府から造船補助金が出ていたのだ。我慢してもらうしかない。

埠頭には客船に乗るための民間人の姿はなく、軍人が並んでいる。どの顔も一様に緊張していた。向かい合うところには軍の高官と政府のお偉方。軍楽隊まで整列している。今日は扶桑皇国欧州派遣軍第一陣の出発式なのだ。

第二次ネウロイ大戦がはじまってから、扶桑にとって初の派遣だ。そのため多くの人が訓辞を述べていた。陸軍の将軍から海軍の提督、政府首脳、中でも詠宮龍子内親王《うたうのみやたつこないしんのう》まで出席したのには、皆が驚いた。

龍子内親王は未知の力を持つと噂されている。日頃は国民はおろか軍人の前に姿を現すことすら滅多にない。なのに臨席したのだから、よほど力を入れていることが察せられた。

「……よって、彼《か》の地におもむく魔女《ウイッチ》には魔力を傾けることを切に願うものである。全てのものに龍の加護があらんことを」

訓示が終わり、派遣軍人たちは客船に乗り込む。船縁《ふなべり》に整列して一斉に敬礼。楽隊が演奏し、大勢の見送りが手を振っていた。

横須賀の港と三浦《みうら》半島が遠ざかる。整列していたものたちは、ようやく思い思いの時間をすごすことが許された。

智子は船縁に寄りかかり、ぼんやり空とカモメを眺めていた。先ほどの出発式を思い出す。

「主演女優の皆様は、なんとも羨《うらや》ましいことで……」

欧州に向かうウィッチたちの中央にいたのは武子。報道のカメラは彼女にピントを合わせ、何度もシャッターを切っていた。ここ数日の新聞にも「欧州カ国に扶桑陸海軍の戦嬢《ウイッチ》派遣さる」「怪異《ネウロイ》撃滅に並々ならぬ意欲」などの見出しが躍り、武子の写真が載っていた。三面の隅には小さく「北欧スオムスにも派遣」の文字。写真など当然ない。

つまり主役の舞台はカールスラントで、スオムスは舞台袖《そで》どころか別の建物というわけだ。腐りたくもなろうというもの。見送りを許された陸海軍のウィッチ候補生たちも、武子に向かってきゃあきゃあ歓声を上げていた。ついこの間までは智子にも浴びせていたというのに、現金なものだ。

「私は取るに足らない三流女優ってわけね……」

自嘲《じちょう》気味に呟《つぶや》く。と、背後から声がした。

「うわあ、もしかして、穴拭智子少尉ですか⁉」

「違うわよ」

そう言いながら振り返る。そこに背の低い、海軍のセーラー服を着た少女がいた。年は十三、四であろうか。碇《いかり》のマークのついた水兵帽を被《かぶ》っている。切りそろえられた前髪の下から、驚いたような瞳《ひとみ》がのぞいていた。

「あの……穴拭少尉じゃ……」

「そうだけど」

「やっぱり！」

その少女は、智子に近づいて顔を見つめる。ついで胸元に目を落とし、もう一度顔を見て瞳を歓喜の色にした。

「陸軍の穴拭智子少尉！　扶桑海の巴御前ですね！」

「ちょっと恥ずかしい渾名《あだな》なんだけど、まあ、そうよ」

「感激です！　あれ見ました、『扶桑海の閃光《せんこう》』。あの映画で感激して、ウィッチになろう

って思ったんです！」

ああ、と智子は思った。陸軍が全面協力した映画のことだ。「扶桑海の巴御前」という渾名がつけられたのは、この作品の惹句《じやつく》による。

これは扶桑海事変を元に大幅に脚色した映画で、娯楽色が大変強い。智子もわざわざ撮影所まで出向き、本人役として出演させられた。特殊効果は実物と見紛《みまが》うほどであり、映画は大ヒット。ウィッチを使ったブロマイドや扶桑人形は飛ぶように売れた。宣伝に全面協力した陸軍省は大いに満足し、先を越された海軍は大変悔しがったという。

「そうなの。でも海軍に入ったのね」

智子の言葉に少女は少し悔しげにした。

「はい。いっぱい勉強して、陸軍に入ろうとしたんです。でもうちは代々海軍なんです。お母様なんか女が陸にいくものではありません、真の扶桑撫子《なでしこ》は大海を知るものです。陸軍のウィッチなどバッタと見分けがつかないって……あっ、別に智子少尉のことじゃなくてですね」

智子少尉って。いつの間にか名前で呼ばれている。手を振って話を遮った。

「別にいいわよ」

「ありがとうございます。智子少尉に許してもらえるなんて、一生の宝物にします！」

「大袈裟《おおげさ》な……」

少女は頬を真っ赤にして智子を見つめている。

「ずっとずっと憧《あこが》れていたんです！　抱きついてもいいですか!?」

「なに言い出すのよ……ところであなた、名前は？」

「あっ！　そうでした！」

少女は急いで敬礼した。

「扶桑海軍横須賀航空隊所属、迫水《さこみず》ハルカ一等飛行兵曹です！」

「はいどーも」

適当に返事をして答礼をする。

敬礼の手を下ろしたハルカだったが、まだ目を輝かせていた。

「智子少尉はカールスラント派遣なんですか!?」

痛いところを突かれ、智子は一瞬息を詰まらせた。

「あー……いや、そうじゃないのよ」

どうごまかそうかと考える。ハルカはまくし立てるように喋《しゃべ》っていた。

「扶桑陸軍きっての撃墜王が行くなら、カールスラントのネウロイもすぐにやっつけちゃいますよね。私はカールスラントじゃないんです」

「あなたは違うの？」

「はい。あの、私はですね、横須賀航空隊での成績が下から一番というか……つまり駄目な娘《こ》でして……。射撃も操縦も航法も、いえ私は難しすぎるのがいけないんだと思うんですけど」

ハルカは照れくさそうな笑みを浮かべている。

「ともかくですね、私も欧州派遣を志願したんですけど、みんながよってたかってやめとけ死にに行くようなものだって言うんです。そうしたらカールスラントじゃなくてスオムスになって……あ、スオムスって分かりますか？　北欧の小さい国なんです」

「……スオムス派遣なの？」

「はい。最初はがっかりしたんですけど、カールスラントに行ったら、すぐに大けがするかもしれません。もしかしたら死んじゃったかも。私みたいな駄目なのはネウロイなんか相手にならないですよね。智子少尉はカールスラントで頑張ってきてください！」

いかにも期待に満ちた顔つき。そして胸元に目を落とす。

智子はどう答えたものか迷った。数秒逡巡《しゅんじゅん》したものの、特に言い訳は思いつかない。

正直に話すことにした。

「私もスオムス派遣なのよ」

「……えぇーっ!!」

飛び上がりそうなくらい驚いていた。

「じゃ、じゃあ智子少尉も私と同じくらい駄目な……」

「…………」

「そ、そんなことないですよね。扶桑海の巴御前がそんなわけありません。政治的な陰謀に巻き込まれたんですか？　陸軍の派閥争いに負けちゃったとか。それとも実は無政府主義者《アナーキスト》で……」

「どれも違う」

智子は武子とのやりとりを思い出し、心が重くなった。

「なんでスオムスになったのかは……まあ、多分女の嫉妬《しっと》ね」

ハルカはきょとんとした。

「嫉妬？　智子少尉には彼女さんがいるんですか？」

「なんで」

「それとも彼女さんを取り合ったんですか」

「違うわよ。というか、彼女なんかいないから」

「あ、そうだったんですか」

何故かほっとしつつ、胸元を見る。

智子は訝《いぶか》しんだ。彼女がいるだのいないだのというやりとりも変だし、そもそもこのハルカという女は、どうしていちいち人の胸を見るのだろうか。

「まあ、私には許せない女がいるってことよ」

「そうなんですか……。智子お姉様が許せないなんて、人類の敵ですね」

「……お姉様？」

智子は怪訝《けげん》な顔をする。ハルカははっとしていた。

「あのですね、智子少尉のことを、海軍の飛行学校ではみんな智子お姉様って呼んでるんです」

「そういや明野の女学生たちも、そんなこと言ってたわね」

「私が流行《はや》らせたんです」

なんだそれと智子は思った。もっとも相手は大真面目だ。

「まさか智子お姉様がこんな近くにいらっしゃるなんて……きゃっ」

面倒になったので、智子は「とにかくスオムスに行くことになったのよ」と話を終わらせた。ハルカはきょとんとしたものの、大きくうなずく。

「じゃあ、私と智子少尉は一緒にスオムスなんですね！」

「そういうことになるわね」

「憧れの人と御一緒できるなんて感激です！」

両手を胸の前で合わせ、全身で喜びを表している。

こうも喜ばれては「あんなとこ行きたくない」とは言えない。智子は頬を引きつらせながら「そ、そうね……」と答えるしかなかった。

ハルカは満面の笑みを浮かべた。

「智子お姉様、抱きついてもいいですか？」

「え？」

智子は耳を疑った。

「またその冗談？」

「冗談なんかじゃありません。外国の人って、お近づきになったらよく抱き合ってますよね。映画で見ました！」

「私たちには関係ないんじゃない……？」

「抱きついてもいいですか？」

あくまで純粋さのみの台詞《せりふ》に、むしろ智子はたじろいだ。

「あー……えーと、ほら、そういうのって今度でいいわよね。今は海の上だし、まだスオムスに着いてないし」

「じゃあスオムスに着いたら抱きつきます！」

「……またそのときに話し合いましょう」

どうにかごまかす。それでもハルカはにこにこ顔であった。

「迫水ハルカ一等飛行兵曹、どこまでも智子少尉殿についていく所存です！」

「よろしく……」

「では失礼します！」

回れ右。ハルカは船内のハッチを潜るとラッタルを下りて姿を消す。やがて「ひゃあああ!?」という悲鳴と共に転がり落ちる音が聞こえた。

智子は助けに行くのも忘れて唖然《あぜん》とした。どうやら足を滑らせたらしい。今日の波は穏やかで船はほとんど揺れていない。なのにラッタルを落ちるとは相当そそっかしい。あれでも海軍さんなのだろうか。

そこまで考えてまた気持ちが澱《よど》んできた。つまり、どうでもいいウィッチがスオムスに派遣されるということである。智子もハルカと同レベルであると判断されたのだ。

あんな落ちこぼれで性犯罪者一歩手前の娘と一緒にされるなんて。

智子はがくりとするが、すぐに気持ちが高ぶってきた。

誰も見ていない甲板上で、拳《こぶし》を握りしめる。

こんなことでくじけるものか。こちとら映画の宣伝文句とは言え、扶桑海の巴御前だ。ネウロイを次々に撃ち落としたエースなのである。

見てらっしゃい。スオムスでもっともっとたくさんの敵を撃墜して、目にもの見せてやるんだから。

智子はそう呟き、固く固く決意した。

＊　＊　＊

北欧の国、スオムスは森と湖からなる。他にはなにもないと言っても、それほど間違いではない。無論人は住んでいるし工業も農業もそれなりにあるが、大国から見れば大して意識されることのない国だ。

むしろ隣国であるバルトランドの方が世界史での知名度は高い。なにせあっちは名にし負うバイキングを産んでいる。遠く地中海までたどり着いた連中の故郷ともなれば、少しは誇りたくなるというものだ。スオムスはそのバイキングの移住先の一つとしか思われていなかった。

だが一九三九年も末になってから、ここは世界からの注目を、ちょっとずつ集めるようになっていた。

「こちらひばり《キウル》、こちらひばり《キウル》、雪女《ルミネン・ナイネン》、聞こえますか」

雲ばかりの空、スオムス＝オラーシャ国境付近上空三千メートル。一人のウィッチが必死になってインカムに話しかけていた。

「こちらひばり《キウル》、こちらひば……」

寒さで唇が震え、うまく喋れなくなっている。幾度も口をもごもごさせた。

彼女はスオムス空軍のエルマ・レイヴォネン中尉。現在は寒い中、哨戒《しょうかい》飛行中であった。

エルマはスオムス空軍第28戦隊に所属している。元は第3機械化航空歩兵大隊と呼ばれていたが、先ごろ名称が変わった。機械化航空歩兵大隊なんて陸軍所属みたいじゃないかというのが主な理由で、事実陸軍が直援部隊ほしさに働きかけたことがあったらしい。

今は肩書きもすっきりしている。

すっきりしないのは彼女の現状である。エルマはうんともすんとも言わなくなったインカムを何度も叩《たた》き、通信をおこなおうとしていた。

「雪女《ルミネン・ナイネン》、応答してください。雪女《ルミネン・ナイネン》……」

なおも通信はなし。切なさと寒さと心細さに、エルマは泣きたくなった。

「うう……壊れちゃったのかな。でもこれカールスラント製だよね。品質保証済みだよね。やっぱり寒さのせいかな……なんで私たちの国ってこんなに寒いんだろう……」

エルマは身を震わせる。冬のスオムスはただでさえ寒いのに、高度三千メートルだ。身も心も凍りそうな冷たさで、さっきから向かい風が吹きつけている。そんな酷寒の世界を制服一枚で飛び回れるのはウィッチならではだが、いくら魔力に守られているとはいえ、寒いときは寒いのである。

彼女は心からのため息をつくと、再びインカムを使用した。

「こちらひばり《キウル》、雪女《ルミネン・ナイネン》……」

『雪女《ルミネン・ナイネン》受信』

雑音交じりの中、透き通った女性の声が届いた。

エルマはほっとした。さすがカールスラント製、この寒さでも壊れていなかったのだ。

『ひばり《キウル》、泣きそうにならないでください』

相手はさらに余計なことを告げた。

声の相手はハッキネン大尉だ。スオムス空軍第28戦隊のボス。美しい外見とは裏腹に冷酷そのものの声質なので、雪の女《ルミネン・ナイネン》、つまり雪女と呼ばれている。腹を立てそうなものだが、当人は平然と自らのコールサインにしてしまった。

エルマはすねたような口調で言う。

「だって返事してくれなかったから……」

『子供みたいなことを言わないように。たかだか一分間、応答を止めていただけです』

一分だけだったか。エルマは何時間もの間、一人ぼっちにさせられていた気がしていた。

そもそもエルマは運のいい方ではない。というか、悪い。今日だって哨戒当番ではなかったのに、別のウィッチが急な腹痛を起こして飛べなくなったのだ。部隊に着任した当初ですら、持ってきたストライカーユニットを別の部隊に取り上げられてしまい、自分はこんなボロのファロットG.50を履く羽目になっている。昨日など新設の第二中隊への移動を命じられたと思ったら、ウィッチは自分しかいないと告げられた。それは果たして部隊と言えるのだろうか。

だいたいこの国がこんなに寒いのがいけないのよ、とエルマは心の中で思った。寒い上に曇り空で、しょっちゅう雪がちらついている。南国では珍しがられる雪も、ここでは木屑《きくず》と同義である。しかも燃やせるだけ木屑の方が需要があるのだ。

きっとハッキネンはぬくぬくと暖炉に手をかざしていたに違いない。あるいは熱いコーヒーでも啜《すす》っていたか。

『暖炉は使っていません』

「え……え？」

『あなたの考えていることなどお見通しです。一人で暖かいところから指示を飛ばす気にはなれませんから』

食えない女である。でもコーヒーは飲んでいたんじゃないかなと、エルマは呟《つぶや》く。

彼女は口調を改めた。

「キヴェンナパ上空異状なし。国境沿いを北上中」

『地上の様子を報告してください』

「異状ありません。キツネ一匹、トナカイ一頭いません」

エルマは真っ白になっている大地を見下ろす。そう、ここにはなにもいない。だがあっちはどうなのだろう。

国境の向こう側に目をやる。シベリアモミがずらりと並ぶ針葉樹の森。その向こう側はオラーシャ帝国。だが今は地図に記されている「オラーシャ」ではない。ネウロイによって占領されているのだ。

現在、オラーシャの西側はほとんどがネウロイの版図となっている。防衛線はボルガ川まで後退した。帝都モスクワは陥落し、第二の都市サンクトペテルブルグもごく一部で必死の抵抗を続けるのみで、人間の姿はない。

つまりあの森のどこかで、ネウロイがうごめいているかもしれないのだ。

エルマは身体をぶるっと震わせた。寒さのためだけではない。

「雪女《ルミネン・ナイネン》、質問いいですか」

『どうぞ』

「ネウロイって、本当に攻めてくるんでしょうか」

一瞬だけ沈黙があり、ハッキネンが答えた。

『私に判断はできません。また、あなたが考える必要もありません』

という答えのあと、彼女は続けた。

『個人的な推測で言うのなら……攻めてくるでしょうね』

「ええ……」

今度のエルマの台詞には、切なさが混入していた。

「ネウロイはカールスラントを攻めるので手一杯のはずなのに……。他にもオラーシャとか……」

『連中は人間ではありません』

冷たい口調というよりは、達観したようにハッキネンは答える。

『どうして出現したのか、どういう目的か、生態はどうなっているのか、そもそもこの世界のものなのか、なにも分かっていません。だから、我が国にも侵攻してくる可能性は十分あるのです』

ハッキネンの説明はなにも語っていないに等しい。しかしそれはエルマも承知していることであった。

ネウロイの行動は予測することが困難だ。人間同士の戦争なら、相手がこの局面でどういう行動を取るかの予測がつくし、予測しようと全力を注ぐ。たとえば部隊間通信が増えたとか、逆に極端に減ったとか、棺桶《かんおけ》の数が増えているとか、軍事郵便の量に変化があったとか、予備部隊の集結が著しいとかその他もろもろ。これらの情報を集積し分析して、攻勢正面を予測する。

しかしネウロイが相手だとこうはいかない。無線はないし、そもそも会話をしているのかどうかすら分かっていない。偵察機を飛ばしても落とされ、運よく写真撮影に成功しても地面に潜られたりしてお手上げときている。どうも集結点というか出現地点のようなものがあり、そこから湧きだしているという推測もあるが確定ではない。唯一分かっているのは、ネウロイには「コア」と呼ばれるものが中央にあり、そこを破壊すれば砕け散ることだった。これは扶桑海事変で扶桑のウィッチたちが発見したと言われている。

エルマは再び国境の向こう側に視線をやった。

「はあ……そんな恐ろしい敵がやってきたら、どうなっちゃうんでしょうねえ……」

『どうもこうもありません。ウィッチが戦うのです』

「私たちだけじゃ心許《こころもと》ないなあ……」

エルマはため息をつく。

よほど哀しげに聞こえたのか、しばらくのちにハッキネンが言った。

『……これは、戻ってから伝えようと思ったのですが』

「釣った魚に餌をやらず、そもそも餌なんか持ったこともない」と噂されるハッキネンにしては珍しく情けのこもった口調だったので、エルマは空中なのに身を乗り出した。

「な……なんでしょう……？」

『政府が各国に支援を要請しました。ストライカーユニットとウィッチたちを送って欲しいと』

「そ、それで……？」

『ウィッチたちの義勇部隊がスオムスにやってきます。さきほど連絡が途切れたのは、それを知らされたからです』

「えー！　ほ、本当ですか⁉」

エルマの声が裏返る。まさか来るとは思っていなかったのだ。

『来ます。扶桑、ブリタニア、リベリオン、カールスラントからウィッチがストライカーユニットごと派遣されてきます』

「すごーい！」

エルマは嬉《うれ》しさのあまり上昇して、くるりと一回転した。続けてもう一回。もしネウロイが見ていたら不思議に思ったであろう。

「どこも大国じゃないですか！」

『選《よ》りすぐりのウィッチを送ると言っていました』

「やったー！　これでスオムスも安泰だー！」

きっと優秀で何機も撃墜したエース揃いに違いない。今までの不幸な人生ともこれでおさらばだ。色々な空戦技術を教えてもらって、もっともっと強くなろう。

欣喜《きんき》雀躍《じゃくやく》したエルマは、何度もループを続ける。魔導エンジンの排気が冷たい大空に、いくつもの弧を描いていた。

第二章 LUKU 2
HILJAINEN NOIDAT
SUOMUSIN SOPEUTUMATTOMIEN LAIVUE

北の国から

なんだここは、北海道かというのが最初の印象だった。

延々五週間近くかけてガリアのブレストまで船旅。そこから船を乗り換えて、今度はバルトランドのストックホルムに到着。

何故か連絡が行っていなくて現地の大使館と意味のないやりとりをしつつ、ようやく輸送機の座席をあてがわれてスオムスのヘルシンキへ。またまた乗り換えてウッティという聞いたこともない飛行場にやってきた。

智子《ともこ》は窓のない輸送機から下ろされ、強張《こわば》る身体をほぐそうとしたら寒風に晒《さら》されて冒頭の印象となった。安っぽい木造の飛行場施設はともかく、あとは森と雪しかない。だからここは扶桑国内かと考えたのだが、実は彼女は北海道に行ったことがなかった。

「ぶるる……寒い、寒い」

隣ではハルカが手を擦り合わせ、何度も足踏みしている。二人とも扶桑から持ってきた防寒コートを着用しているが、なんの役にも立っていない。ヘルシンキで仕入れた情報によれば、今年の冬はこれまでにないほどの寒さであろうとのことであった。

「十一月でこれなんだから、来月になったらどうなるかしらね……」

智子が呟く。聞きつけたハルカが言った。

「でも智子お姉様、とっても綺麗《きれい》ですよ。ほら、雪が舞ってます」

粉雪が空中をくるくる舞っていた。上から下に落ちるのではなく、時には横に、時には回転して目を楽しませている。

ハルカが目を潤ませて「素敵です……」と呟いていた。太陽光を浴びて輝きながら不規則に散るのは確かに美しいが、これは飛び去った輸送機のプロペラ後流によるものだ。それに智子は雪なんぞ見ている余裕はなく、九七式戦闘脚の魔導エンジンがちゃんと始動するかどうか、智子お姉様というのを止めてくれないかと考えていた。

建物から一人の女性士官がこっちにやってきた。

眼鏡をかけており理知的な雰囲気で、北欧の写真に出てきそうな美形だ。この寒いのにどういうわけか白い息を吐いておらず、ハルカが「あの人、生きてるんでしょうか」と失礼なことを呟いていた。

「ようこそ、スオムスへ」

その女性士官は言った。

「スオムス空軍第28戦隊のハッキネン大尉です」

自分たちより階級が上と知り、急いで智子とハルカは敬礼をする。それぞれ自己紹介をした。ハッキネンは隙のない答礼をした。

「ただ今をもって、皆さんは義勇独立飛行中隊の所属となります」

「わっ、分かりました！」

背筋を伸ばしてしゃちほこばったのはハルカだ。智子はどちらかといえばつまらなそうな顔。ハッキネンは智子をちらりと見てからハルカに言う。

「生きています」

「え……？」

「あらかじめ口に雪や氷を含んで冷やしておけば、息が白くならないのです。狙撃兵《スナイパー》の基本テクニックです」

聞こえなかったはずの言葉に答えられ、ハルカは驚きながら身体を小さくする。恥ずかしくなりながら訊《き》いた。

「ハッキネン大尉は狙撃兵なんですか……？」

「まさか」

「でも基本テクニックって……」

「他の隊員たちはすでに到着しています。こっちへ」

ハルカの疑問を無視し、彼女は二人をうながす。背を向けて歩いて行く姿に、智子は戸惑った。

「……車は？」

「そんなものはありません。貧乏なので」

「軍隊って、わりと優先的に色んなものが使えるもんだけど……」

「ずっとそこにいたければ、どうぞ」

こんな寒い中、置き去りにされてはかなわない。二人は急いで歩き出す。幸い飛行場内は除雪されているので、それほど苦労はなかった。

とはいえそれも滑走路近くだけのことで、やや離れたところにある建物に近づくにつれ、雪は積もるがままにされている。人が一人通れるだけの道はあるが、へたをするとラッセルしながら進む羽目になるところだ。

ウッティの基地は大きい。それもそのはず、ここはスオムスでも古くからある基地の一つなのだ。だから敷地が広いわりには建物が古い。ウィッチの訓練はここと、ボスニア湾近くにあるカウハバ基地でほぼ二分されていた。

「ハッキネン大尉が第28戦隊の指揮官ですか?」

智子が訊く。ハッキネンは前方を見ながらうなずいた。

「そうです」

「飛んでるんですね」

「いいえ。私は元ウィッチです。魔力をなくしました」

ウィッチはだいたい十歳前後で魔力を発し、十代後半にピークを迎える。そして二十歳になると力を急速に失っていく。ハッキネンもその例に漏れなかった。もっとも個人差があって、ごく少数だが二十歳をすぎても平気で飛ぶ例が存在する。

力をなくしたウィッチたちは大半が地上勤務、あるいは教官となり、一部は退役する。ハッキネンは飛ばないまでも指揮官として留《とど》まっていた。

「義勇独立飛行中隊の指揮は執りません」

先回りするように彼女は言う。

「指揮官は別にいます。現役のウィッチです」

「それはいいんですけど、『独立』なのに戦隊指揮下? 独立してるなら、もっと上位の命令を直接受けるんじゃないですか」

「全ウィッチがスオムス空軍司令部の直接指揮下にあります。同じようなものですよ」

独立とつけたのは、単にそれらしいからでしょうねとハッキネンは説明した。

そうしているうちに到着する。

着いたところはまるで学校みたいな建物だった。見かけは古く、中も古かった。元はどこかの民間会社が入っていたらしい。いい加減古びてきたのと、戦乱の空気が漂ってきたので撤退したのだそうだ。その跡を再利用している。

入り口にはスオムス語で「空軍第28戦隊司令部」と書かれた看板が掲げられている。二人は行きの船内でスオムス語を詰め込んだため、かろうじて読めた。

「ブリーフィングルームに案内します」

ハッキネンは薄暗い廊下を歩き、一番端の部屋に二人を入れた。

中には大きなストーブが二つあり、学校で使うような椅子と机が並んでいる。説明によると、本当に学校からもらってきたらしい。壁際には木のストーブがあって煙突が壁から外に伸びていた。

壁にはこれも学校からもらった黒板があり、「スオムス義勇独立飛行中隊指揮所」と書かれていた。これはブリタニア語。

ハッキネンは「待っていてください」と言い残して出ていった。智子とハルカは空いている席を探して座る。室内には他に三人のウィッチがいた。

一人は金髪を短く人形のように切りそろえ、銀フレームの眼鏡をかけていた。

どう見てもこの中では一番若く、智子は「こんな若いの使えるの？　実戦経験あるの？」と疑問符ばかりが浮かんでいた。

さっきから熱心に本を読んでいる。ハルカが「なにを読んでいるんですか？」と声をかけた。だが顔すら上げず、目は文字を追ったままだ。ハルカは余計興味を持って幾度も話しかけたが、その都度無視されていた。

もう一人はやはり金髪の少女だった。ただ背は高く、身体の発育もいい。胸と腰をむりやり制服に押し込めているみたいだ。リベリオン海軍航空隊の服は、今にもはち切れんばかりであった。

彼女は興味深げに周囲を見回しては、黒い液体の入った瓶に口をつけている。ブリーフィング前に酒を飲んでいるのだとすれば、非常にいい度胸だ。

視線が智子と合った。

「オー、ユーたちはどこから来たねー」

やたら陽気だ。太陽のようにといえば聞こえがいいが、智子にはむしろ馴《な》れ馴れしい。

「扶桑」

智子は答える。リベリオン娘は瓶の中身をぐびぐびやりながら首を傾げた。

「フソー……？　ウェア？」

「東洋よ。あなたの国から見たらずっと西」

「ワオ、カリフォルニアの隣ねー」

「太平洋を無視すれば、そうね」

リベリオン娘はけらけら笑う。瓶を差し出した。

「お近づきの印に飲むねー」

「いらない」

「よかった。実はこのコーラ、最後の一本ねー」

彼女は瓶に口をつけると限界まで傾け、名残惜しそうに舐《な》めていた。

最後の一人は薄青い瞳の持ち主で、紙巻きタバコを咥《くわ》えている。革製のフライトジャケットの胸元にはブリタニアのウィングマーク。彼女は他の人間にも、自らが置かれた境遇にも興味がないのか、ぼんやりと前方を見つめていた。

口元のタバコが短くなる。彼女は指で挟むと、ストーブに向けてピン、と弾く。狙い違《たが》わず開口部に吸い込まれた。

「わ、入った……」

ハルカが呟《つぶや》く。女性ははじめてちらりとこちらに視線をやった。

智子はブリタニア女性のおこなった戯れに興味はなかった。そんなことよりさっきのハッキネンはいつ戻ってくるのだ。

黒板に義勇独立飛行中隊と書いてあるのだから、ここは中隊規模なのだろう。だとしたら指揮官は大尉か中尉だ。となると、さっきのハッキネンが中隊長の可能性が高い。さっさと戻ってきて命令でもなんでも下せばいいのに。いつまでも待っているほどこっちは暇ではない。いや、暇なのだが。そんなことを考えていたら、扉がガタガタ音を立てた。

廊下に誰かいる。なかなか入ってこられないようだ。

この建物は古ぼけているため、ブリーフィングルームの扉は建て付けが悪い。開けるのに少しコツがいるのである。その人物はしばらく手間取った後、力を込めて開けた。

「あわっ、あわわわわっ⁉」

色の薄い金髪の少女が、紙束を抱えたままふらふらしている。襟章が中尉のものであることを知り、智子たちは立ち上がった。

その少女は二、三度ふらふらすると、そのまま紙を床にぶちまけた。

「きゃあああっ！」

慌てて拾い集めようとする。後ろから入ってきたハッキネンが、無表情に見下ろしていた。

「なにをしているんですか……」

「す、すみません……」

金髪の少女はしきりと恐縮している。眺めていたハルカが、小声で「人ごととは思えません……」と言っていた。

少女は急いで集めると、手に持ったまま皆の前に立った。

「え、えっとですね……ようこそ、皆さん。どうか着席を」

全員、椅子を引いて座る。

「ここが皆さんの部隊、第28戦隊の第二中隊、義勇独立飛行中隊です。私は中隊長のエルマ・レイヴォネン中尉です」

ぺこり、と頭を下げていた。

彼女がハッキネンの言っていた指揮官だった。態度も言葉遣いも丁寧すぎるくらい丁寧だ。

そんな必要ないのにと智子は思う。エルマの性格なのだろうか、どこか弱気にも感じられた。

「えっと……遠いところから、スオムスのために馳《は》せ参じてくれて、本当に感謝しています。感激です。皆さんが到着したのを記念して、部隊に愛称をつけようかって考えたんです。ほら、伝統のあるところって、みんな強そうな名前があるじゃないですか、だからちょっと工夫して、可愛いのにしようとしたんです。私が考えたのがペンギン中隊。可愛いし、寒いところに住んでるし。そうしたらあれは南に住むものだし、そもそも空を飛べないってクレームがついて……」

がくりと肩を落とす。

「ですから、今度は別なのにしようとしました。子犬中隊とか虫中隊とか。でも子犬は可愛いけどなにか違うし、だいたい私は虫が嫌いなんですよぉ。虫中隊ってなんですか、範囲が大きすぎます……ああ、もうなにを言っているのか……」

エルマはどんどん顔を赤くしていき、最後はしゃがみ込みそうになっていた。なんとか勇気を奮い起こし、立ち続ける。

「そ、そんなわけで……皆さん頑張りましょうね。やるぞ、おー!」

沈黙。エルマは拳《こぶし》を握りしめ、上に突き出した状態で固まっていた。ブリーフィングルームのウィッチたちはなにも言わない。ストーブに突っ込まれた廃材の爆《は》ぜる音だけが響いていた。

エルマの顔色が赤から青に変わる。今にも泣きそうになり、横のハッキネンに言った。

「ハッキネン大尉ー。やっぱり私には中隊長なんて無理ですよお……」

「今さら抵抗しても無駄です」

ハッキネンは冷たい口調を崩さない。

「あなたがここの指揮官です」

「なんで私なんですか……」

「他の人材は皆２４戦隊へ行ったからです」

「うう……分かりました……」

退路を断たれ、エルマは絶望感に浸りつつ向き直った。智子たちは胡散臭《うさんくさ》そうに二人を見つめる。

エルマは数回目をしばたたかせた。今度こそ、きっとして顔を上げた。

「そ、それじゃあ自己紹介いきましょうっ！　端からお願いします」

グラマラスなリベリオン娘が荒っぽく立ち上がった。

「ハーイ、オヘアよ。キャサリン・オヘア少尉ねー。合衆国《ステーツ》では空母レキシントンに乗ってたねー」

「うわあ、空母乗り組なんですね」

エルマが驚く。スオムスには空母どころか外洋艦隊が存在せず、主力はたった二隻の海防艦である。

オヘアははっはと笑った。

「でも着艦に失敗してストライカーユニットをたくさん壊したねー。どうぞよろしくー」

「え……」

「あ、それと特技はこれねー」

彼女は腰のホルスターから、パーカライジング仕上げの六連装リボルバーを取り出した。

そのまま銃口を前に向けて引き金を引く。

発砲音が六回、ブリーフィングルーム内に響いた。

銃口からは薄く煙がたなびく。オヘアはふっと息を吹いて消した。全員、驚きのあまり伏せるのも忘れて彼女の動作を見つめていた。

「これ、挨拶《あいさつ》代わりねー」

「うっ、撃ったんですか⁉」

仰天するエルマ。オヘアは笑いながら手をひらひらさせた。

「あはは、これ空砲ねー。慌てることないね」

ハッキネンが無表情に黒板を指さした。

「穴が空いていますが」

義勇独立飛行中隊と書かれた文字の真上に、できたてほやほやの弾痕《だんこん》が六つもあった。

オヘアは一瞬目をぱちくりさせたものの、すぐに破顔した。

「ソーリーソーリー。たまたまねー」

まったく悪びれない様子で着席する。エルマは唖然《あぜん》としていたものの、気を取り直したのか先を続けた。

「そ、それでは、そこの方」

背の低い、ずっと本を読んでいた少女は、いったん本を閉じると机と表紙の底辺が合うようにして置き、立ち上がる。

「ウルスラ・ハルトマン曹長です」

それから座ろうとする。エルマが慌てた。

「あの、他には」

「ありません」

「え……」

「あえて言うなら、私はカールスラントの教本通りに全てを進めます。それ以外は無駄です」

「は、はあ……」

「以上です」

着席。また本を読みはじめた。

どうやら今読んでいる本がその教本らしい。机の上には他にも、流体力学やら燃焼実験やらの本が積まれている。

エルマは急いで抱えてきた紙束をめくった。

「えーと、ウルスラさんはカールスラントのＪＧ５１にいて、その前は飛行学校に……学校が爆発？　爆発事故ってなんですか？」

不思議そうにするエルマ。ウルスラは本から目を離さずに返事をする。

「カールスラントのために新兵器の実験をしていたところ、たまたま事故が起こりました」

「ここにはウルスラさんが火薬を扱っていたと……」

「爆発する方が悪いのです」

そう口にして、ウルスラは以後無言を貫いた。

エルマは二度ほど話しかけたが、ウルスラは返事を拒否した。諦《あきら》めて、次のウィッチをうながす。

ブリタニア人のウィッチが立ち上がった。

「エリザベス・フレデリカ・ビューリングだ。階級は少尉」

それだけ言うと座る。またこのパターンかとエルマは嘆いた。

「あ、あの……他になにかありませんか」

ビューリングは無言。エルマはなんとか彼女の口を開かせようとする。

「どこの生まれだとか、初恋はいつだとか、学校はどこだとか、前の部隊のこととか……」

「生まれはファラウェイランドのモントリオール。初恋は大きなお世話。学校は言っても分からないだろう。ここに来る前は403飛行隊《スコードロン》にいた」

さらさらと、つまらなそうに喋《しゃべ》り、またビューリングは黙った。

口を挟む暇もなく喋られてしまったので、エルマはおたおたしていた。

「そ、そうですか……他には……」

「………」

「あの……」

ビューリングはウルスラと違う意味で他者との繋《つな》がりを拒絶している。どうしようかと困惑するエルマ。慌てて手元の紙束をめくる。

「えーと、えーと、ビューリングさんは、オ、オストマルクにもいて……国際ネウロイ監視航空団……あれっ、珍しいところにいたんですね」

ビューリングはちらっとエルマに目をやった。

「まあな」

「向こうはどうでした？」

「……言うほどのことはない」

これっきりビューリングは話すのも顔を向けるのも拒否した。

エルマは顔に徒労感を滲《にじ》ませ、半ばやけっぱちになって自己紹介を続けさせた。

「はいでは、次の人。なんかもう、名前だけでもいいです」

「扶桑皇国海軍から来ました。迫水《さこみず》ハルカ一等飛行兵曹です！」

ハルカは立ち上がると全員を見渡す。

「趣味はお菓子作りです。あ、えーと、スオムスに派遣されたのですから、苦しんでいる人のために精一杯頑張りたいと思います」

ぺこりと頭を下げる。

エルマはしばらくきょとんとして眺めていたが、やがて目を潤ませた。ハルカが慌てる。

「す、すみません。あの、私なにか変なこと言いました……？」

「違うんです……ようやくまともな人がいたって……」

「そんな、私なんか」

ハルカは若干頬を赤くすると、続けて言った。

「あの、尊敬する人のことを言ってもいいですか？」

「ええ、いいですよ」

ハルカの顔が一気に明るくなった。

「それはもう穴拭《あなぶき》智子少尉です！　扶桑海の巴《ともえ》御前《ごぜん》、女学生の心を射貫《いぬ》くお姉様！　扶桑のとっても有名なウィッチで、ブロマイドや扶桑人形が何種類も出たんですけど、全部持ってるんです！　もうお小遣い全部なくなっちゃったんですけど、もっともっと欲しくて、だから智子お姉様と一緒にスオムスまで来られたときは夢のようで、あっ、智子お姉様っていうのは扶桑じゃ女の子がみんな言ってたんですけど、こんなに私の近くにいるんですから、もう私だけが使う言葉だと思うんです。だから商標登録して勝手に使う女の子は禁固刑に……」

唾《つば》を飛ばしながら延々喋り続けている。周囲はたじろぎ、エルマは「やっぱりまともな人はいないんだ……」と顔を暗くさせていた。

最後は智子の番である。彼女は顔をやや強張《こわば》らせて立ち上がった。

「扶桑皇国陸軍、穴拭智子少尉です」

こいつがそのお姉様かという視線が飛ぶ。智子は無視した。

「特技は格闘戦です」

今度こそほっとしたエルマが、付け加えるように言う。

「この穴拭少尉はですね、扶桑の海でネウロイを七機も撃墜したエースさんなんです。すごい、拍手！」

わー、パチパチパチ。エルマだけが拍手をしていた。

「実戦経験を積んだベテランさんですから、皆さん色々教わりましょうね」

智子はエルマの顔を正面から見据えた。

「つまりそれは、私が訓練担当官を務めると解釈していいですか」

「は、はい……？」

戸惑うエルマ。智子は畳みかけるように言う。

「教わるというのはすなわち訓練を受けるということです。私が教える立場なのであれば私が教官となります。よろしいのですね」

エルマは身体を引き気味にすると、困ったようにきょろきょろしてハッキネン大尉を見た。ハッキネンは軽くうなずく。

「よろしいのでは」

「じゃ、じゃあ、穴拭少尉が義勇独立飛行中隊の教え役となります」

「ありがとうございます」

智子は礼を言う。エルマはほっと胸を撫《な》で下ろした。

「ようやく終わりました……ではですね、これから皆さんの歓迎会を」

「訓練します」

智子は遮った。

「ただちに訓練をおこないます」

エルマは口を「え」の形にしたまま固まっている。目だけがしきりと動いていた。

「あの、長旅の皆さんを歓迎するために、お食事の用意をですね……」

「そんなのはあとでいいです」

「お酒もあったり……」

「死んでからいくらでも飲めます。いつネウロイが攻めてくるのか分からないんですよ。呑気《のんき》に宴会なんかやってる場合じゃありません。飛びます」

智子は窓の外を指さす。

「私たちはネウロイを倒すために集まりました。他のことは後回しです」

ぎろりと睨《にら》む。エルマは「この人怖い」と言いたげに後ずさった。

「多くの敵を撃墜して手柄を立てるんです」

智子は断言した。

実のところ、彼女はブリーフィングルームで腹を立てっぱなしだった。義勇独立飛行中隊という長ったらしい名前もさることながら、こいつらは一体なんなんだ。

胸ばかりでかくて頭の軽そうなリベリオン娘、本しか能のないカールスラント人、世界中の嫌味を寄せ集めたらできましたみたいなブリタニア人、落ちこぼれで島流しに遭った扶桑海軍少女。あげく上司はこんな弱気でよく昇進できたなと言いたくなるスオムス人だ。

ただでさえ通信手段が狼煙《のろし》しかなさそうな僻地《へきち》に飛ばされたのに、同僚ができそこないばかりなんて、悪夢もいいところだ。

智子はスオムスで名を売ろうとしていた。多数のネウロイを撃墜し、カールスラント派遣組の武子《たけこ》以下のウィッチたちを見返してやるつもりだったのだ。どんな僻地だろうと自分の正しさを立証してやると。

だが今のままではそんなこと夢のまた夢だ。だったらこいつらを鍛えるしかない。なにがなんでも技量を上げて、世界中に名を売ってやる。そうしたら扶桑陸軍参謀本部は自分を邪険に扱ったことを後悔し、武子は泣いて謝るだろう。寛大な心を見せるため、すぐに許してやるつもりだ。あるいは土下座した頭を踏んづけるとか。

そのためには訓練また訓練だ。

「全員、ストライカーユニットを装着して飛行場に整列！」

智子は強い口調で命令する。エルマだけが反射的に背筋を伸ばしていた。

ストライカーユニットはウィッチたちの到着とほぼ同時に運び込まれていた。智子たちの分も同じ輸送機で到着している。ただ予備部品だけは少なめであり、戦闘によっては出撃困難になることが予想された。

当たり前だが飛行場は吹きさらしであり、スオムスなので気温も低かった。寒暖計の目盛りは氷点下五度。風が吹いたら体感温度はぐんと下がる。

義勇独立飛行中隊の面々は、ストライカーユニットを装着して整列していた。訓練担当は智子である。なので列から離れて向き合っていた。中隊長のエルマは訓練される側なので、他の面々と同じ列。

智子はしみじみと眺めた。

「義勇」なのだから人員の出身国がバラバラなのは当然だ。だがこの部隊は装備まで個人個人が別なものを用意していた。

先頭のオヘア、テキサス生まれらしくさっきから寒さで震えている彼女のストライカーユニットは、ずんぐりむっくりの巨大なビヤ樽《だる》であった。

「オヘア……それいったいなんなの？」

「うう寒……オー、これはＦ２Ａバッファローねー」

「あんたの国のストライカーユニット？」

「イエース。本当はＦ４Ｆを持ってこようと思ったけれど、無理だったねー」

「なんで」

「ミーが全部壊したからでーす。あはは」

　震えながらも笑っている。

　智子にとっては笑いごとではない。つまりそれは、余りものを持ってきたということだろう。このビヤスター社のストライカーユニット、そんなに悪くはないと聞くが、あんな太い脚で格闘戦ができるのだろうか。

　隣のカールスラント人、無表情な眼鏡でなにを考えているのかさっぱり分からない少女は、これまた見たことのないストライカーユニットを装着していた。

「ウルスラ……」

「はい」

　ウルスラは無機質な返事をした。智子はストライカーユニットから目を離さない。

「それ、なに？」

「ハインツェルＨｅ１１２」

聞いたことのないストライカーユニットだ。いや待て、確か明野にいたとき雑誌「航空知識」で読んだ記憶がある。海軍が勉強のために輸入したとかなんとか。しかもそもそも輸入できたのは、他のストライカーユニットとの比較試験で敗れたからだったような。

「ねえウルスラ、あんたの国自慢のBf109はどうしたの？」

「足りないから渡さないって言われました」

「じゃあそれは余っていたの？」

「性能は悪くありません」

「なんでカールスラントじゃ使わないの」

「性能比較試験で負けたからです」

やはり余っていたのである。ウィッチごとスオムスに押しつけたというわけだ。

くらくらする頭を押さえながら、エルマに視線を移した。

エルマは智子に見られてびくっとする。いい加減、その態度をどうにかしてくれないだろうか。

彼女のストライカーユニットは無骨さと繊細さが混在したような形をしている。しかも一部は布張りのようにも見えた。

「えーとそれは……」

「ファロットG．50です」

エルマが答える。確かロマーニャのストライカーユニットだ。それほど性能は悪くないはずねと智子は思う。

「さすが中隊長、いいのを使ってますね」

「実は故障機なんです……」

エルマは面目なさそうに言った。

「私が着任したときにはこれしか残ってなくて、壊れていたのを無理矢理直して使っているんです」

智子の目の前が暗くなる。脳から血が失われていく気がした。そんなことでいいのだろうか。そもそもこれは飛ぶのか。

気を取り直して隣へと移る。ハルカのストライカーユニットは、まるで見たことのないものであった。

色が白っぽいのは海軍特有だからいいとして、やたらシャープで洗練されている。こんなストライカーユニットあったっけと思った。

「……？」

頭に疑問符をいくつも浮かべている智子に、ハルカが勢い込んで言う。

「これは十二試艦上戦闘脚です！」

「十二試……試作機なの？」

「といいますか、正式採用前のが余っていたので、使えって言われたんです。海軍はこれを大量生産中です」

じゃあその生産してるのを持ってきなさいと思わないでもない。どうも魔導エンジンはキ43に使われているのと同じらしい。最高速も似たようなものだろう。性能はよさそうだ。しかし試作で試験用の機体なら、不具合もかなりあるのでは。

「ハルカ、あなたひょっとしてテストパイロットだったの？」

「違います。出発する直前に受領しました」

「ということは、慣れてないの？」

「今日がはじめてです」

それでは真っ直ぐ飛ぶのも怪しい。歩くだけで頭をぶつけたり足を滑らせたりするウィッチが、はじめてのストライカーユニットを使うことがあり得るのか。

最後はビューリングであった。

彼女のストライカーユニットは使い込んでいて、整備もよくなされている。ただどうにも古臭く、年代物であった。

「ハリケーン？」

「ほう、よく知ってるな」

「あんたのとこ、確かスピットファイアってのがあるでしょう。高性能って聞いたわよ」

「あんなの乗る女は上官に弱みを握られているか、借金を抱えているんだ」

「高性能の方がいいでしょう」

「人のこと言えるのか？」

ビューリングの視線が智子のストライカーユニットに向く。

智子はむっとした。確かに今履いている九七式戦闘脚は新型とは言い難い。だが慣れた機体だし、これを使った格闘戦では右に出るものがいないと自負している。余りものを押しつけられたり、ボロを直したりしたものとは違うのだ。

「ビューリング少尉殿は、ずいぶんと自分のストライカーユニットに自信がおありのようね」

「褒めてくれてありがとう」

「さぞかし腕も立つんでしょうね」

「自分の腕ばかり誇るのは人間性がなっていないと思わないか？」

およそ皮肉でブリタニア人に勝てる民族はそうそういない。智子は頬を引きつらせながら視線を外す。

全員のストライカーユニットを確認したが、文字通りの多種多様である。九七式を使っている智子が言えた義理ではないが、これでは整備担当が発狂するのではなかろうか。各機の整備マニュアルは存在するのか。

いや、今はそんなことを考えまい。全員に言った。

「では訓練を開始する。空中戦の要訣《ようけつ》は格闘戦にあり。我の優位性を活《い》かし敵の背後を取り、これを撃墜するものである」

備前長船を滑走路に突き立てながら言う。

皆、ぼけっとしながら聞いている。やる気のあるなし以前に生きているかどうかも怪しい姿に、智子のいらいらは募っていった。

「全機離陸！」

大声でうながす。彼女は一番初めに飛び上がった。

スオムスの冷たい空気を切り裂くように、魔導エンジンの特徴的な音が響き渡る。機体ごとに違うため、やたらとやかましかった。

高度三千メートルまで駆け上がる。統計によるとこのあたりの高度で戦うことが一番多い。なので訓練も同じ条件にした。

智子はインカムを二度ほど叩《たた》く。

「こちら穴拭……あー、中尉」

エルマを呼び出す。

「コールサインはどうします？」

「名前でいいです」

「私たちの間はいいですけど、管制塔との通信はコールサインがあった方がいいですよ」

しばらく無言の時間があったのち、エルマが提案した。

「じゃあ、そうですね……国名と番号はどうでしょう」

「分かりました。私は扶桑一番ですね」

国名の後が番号で、階級順となる。なのでハルカが扶桑二番、あとはエルマがスオムス一番でビューリングがブリタニア一番、オヘアがリベリオン一番、ウルスラがカールスラント一番だった。

たったこれだけだったが、なんとなく軍隊の組織っぽくなる。智子はやや機嫌を直した。

「全員散って、距離を取って」

各々自由に飛び、離れていく。

「私を敵だと思って、順番にかかってきて」

えっ、と声が上がった。

「全員？　全員ですかー？」

とオヘア。

「いくらなんでも、一対五じゃ智子はすぐやられちゃうねー」

「あんたたちの実力を見たいの」

智子は手にした刀を見せる。

「私はこれで戦う。あんたたちは自由。機銃でもいいわよ。私がこれの鞘《さや》でどこかに触ったら撃墜判定。あんたたちも同じ。遠慮しなくていいから」

智子は心配するなと続けた。

これは本心である。別に彼女たちを馬鹿にしているわけでもない。ぼんやり編隊飛行しながら話しているよりは、こうやった方がすぐに見極められる。イレギュラーなやり方なのは承知の上だ。なるべく早く皆のことを把握しなければ。

皆、顔を見合わせていた。好きにかかってこいと言ったためか、どこか譲り合うようになっている。

やがて意を決したか、ハルカが言った。

「行きまーす！」

やたら古そうな機関銃を抱えて飛んでくる。智子は怪訝《けげん》な顔になった。

「なにそれ」

「ルイスです！」

智子は「えー」という顔になった。ルイス機関銃は名銃であり、扶桑でも留式としてライセンス生産している。だがハルカのあれは恐らく初期の輸入品で、しかも倉庫に残置されていたやつだ。スオムスへ行くのに際し押しつけられたのだろう。でなければ錆《さび》が浮いているはずがない。

ハルカは一直線に智子へ突っ込んできた。

「撃ちまーす！」

引き金を引く。腹に響く発砲音が智子のところにまで聞こえてきた。

明後日《あさって》の方向へ飛んでいく。ずいぶんと下方向に流れていた。射撃に難があるようだ。得意ではないのだろう。

智子はくるりと旋回すると、延々真っ直ぐに飛び続けているハルカの背後を取った。刀の鞘で背中をぽんと叩く。

「はい、撃墜」

「もうですかー」

さすが今日使ったばかりのストライカーユニットである。真っ直ぐ飛ばすことで精一杯のようだ。

ハルカはそのままどこかへと飛んでいく。無視して、智子は向き直った。

次はウルスラだ。ぐうっと距離を詰めてくる。

結構な高速だ。Ｈｅ１１２の性能によるものだろう。智子は驚きつつ、正対しないように身体をずらした。

互いにすれ違う。旋回を遅らせて、わざとウルスラに背後をさらすようにした。

ＭＧ34機関銃の銃撃音がする。火線が智子の右横を通過していく。

意外と近かったが、当たらない。右左と細かく回避機動をおこなうと、智子を追いかけるようにして火線が伸びる。偏差射撃が苦手なのだろうと見当をつけた。

あえて大きく旋回をする。ウルスラが追いかける。智子は少しずつ旋回半径を小さくしていった。

ウルスラも追いかけ続けるが、Ｈｅ１１２の旋回性能はそれほどでもない。ぐるぐる回っているうちに、智子の前にオーバーシュートした。

智子はウルスラの背後をとってから、しばらく様子を見て、背を叩《たた》いた。

「撃墜」

「……どうも」

「回避機動くらいしなさいよ」

「習っていません」

ウルスラは妙な言い訳をした。

その次はエルマである。曲がりなりにも中隊長で上官だ。敬意を払おうと智子は考えた。なるべく恥をかかせないようにして撃墜するのだ。なんだったら、銃弾がちょっと擦《かす》ったくらいしてもいい。

だがエルマは、智子と正対した瞬間に悲鳴を上げた。

「きゃー！」

「え？」

「きゃー、やっぱり無理ですーっ！」

エルマはループしてそのまま飛び去ろうとする。智子は叫んだ。

「どこに行くんですか！」

「え、えっと撃墜でいいですー！」

「それじゃ訓練になりませんよ！　撃墜されないようにして撃墜するのが訓練なんです！」

しかしどうにも自信がないらしい。弱気を前面に出したまま飛び去ると、飛行場の上で弧を描いていた。

「……まったく！」

智子は追いかけるのを諦《あきら》めた。あれはもう撃墜でいいだろう。

すると、視界の隅がきらりと光った。

ぱっと上空を見る。ビューリングがこちらに向かって突っ込んできている。

身体を捻《ひね》って避《よ》けた。ビューリングは速度を落とさず降下し、その運動エネルギーを利用して急上昇。しかも旋回しながら後ろにつこうとしている。

今までの少女たちとは明らかに違った動きだ。

「やるわね」

あれはかなり場数を踏んでいる。皮肉っぽくはあるが、なかなかのウィッチとみた。

智子は上昇しつつ身体を捻る。逆落としの恰好《かっこう》になって対峙《たいじ》した。

ビューリングの手に武器がある。くの字に折れ曲がった刃が光っていた。あれは確かククリ。ブリタニアではグルカ・ナイフと呼ばれている。

機銃ではなく、格闘戦を挑む気なのだ。

「そうこなくちゃ！」

智子の血が騒いだ。近距離格闘こそがウィッチの本懐。これこそが戦いだ。

下唇を舐《な》める。いったんすれ違うと、互いに相手の後ろを取ろうと機動を繰り返した。

そうなると智子に分がある。ビューリングは素早く察すると、縦の機動に切り替えた。

くるりと回転すると共に、足を振って高度を無理矢理落とす。

智子は後ろを取られることを予想してロールし、さらに上半身を起こした。

ビューリングが接近する。グルカ・ナイフと備前長船が空中で激突する。金属音がして火花が散った。

「やるじゃない!」

その後も二人は打ち合った。鍛えられた鋼同士がぶつかるたびに、手にずしりとした感覚が残る。そのたびに血が沸き立った。

智子は右脚を後ろに出してバレリーナみたいな回転をした。高度は落ちるが直後に両足を揃えて浮き上がる。後ろを取られそうになったビューリングは両足を上空に突き上げて逆さまになる。

急速に接近。互いの息がかかりそうな錯覚。同時に武器を振り上げた。相手の頭に打ち込もうとした刹那《せつな》。

「どいてどいて、どいてくださーい!」

楽しさすら感じる悲鳴と共に、オヘアとF２Aが突っ込んできた。

恐らく急降下して智子を屠《ほふ》るつもりだったのだろうが、コントロールを失ったのだ。オヘアは二人に激突し、そのまま団子となって落下した。

「なにしてんのよ！」

「ソーリー智子、うまく操縦できなかったねー」

オヘアはM１９１９を構えながら詫《わ》びた。智子が叫ぶ。

「止まんなさいよ！」

「急降下したらそのままになったねー。これ重すぎるねー」

「ストライカーユニットだけじゃなくて、胸にでかいの二つもぶら下げてるからでしょうが！」

三人はなおも落下している。勢いの付いたままのオヘアがいるから速力は増している。眼下に雪原が迫っていた。

智子はなんとか引き起こそうとするが、どうにも上手《うま》くいかなかった。

「落ちるぞ」

不機嫌そうなビューリングの声。反射的に言い返す。

「手伝いなさいよ」

「やってる」

見ると、オヘアの腕を摑《つか》んで引っ張っていた。だが落下速度は弱まらない。

「三人で息を合わせるわよ！」

「ミーも？」

「当たり前よ！」

オヘアに言うと、智子は深呼吸した。

「数かぞえるから思いっきり引っ張って。三……」

ぐいっ。引っ張られる感触。智子は準備ができていなかったため、かえってバランスを崩した。

地面が大きくなる。智子は泡を食った。

「なんで引っ張るのよ！」

「引っ張れと言っただろう」

ビューリングが言う。彼女が真っ先に引き起こしをしようとしていた。智子は叫ぶ。

「三から数えて一になったら引くんでしょうが！」

「一から数えて三になったら引くんだろう」

「なにそれ！　これだからブリタニアは信用できないのよ！」

「扶桑の方がよほど分からん」

「ちょっと、なにしてるねー！」

オヘアが焦る。地面はどんどん接近していた。激突しても雪原なのでクッションにはなるだろうが、軽傷で済むとは思えない。

「じゃあ欧米風に、一から数えて三で引くわよ！」

改めて智子が言う。

「次しくじったらぶつかるからね！　やるよ！」

返事も聞かずに再びカウントを始めた。

「一、二、三！」

ぐいっ。今度は三人の身体が上がり、ストライカーユニットの先端が下を向く。

「やった！」

雪原ギリギリで身体が持ち上がる。胸を撫《な》で下ろす智子。オヘアも喜び、ビューリングすらどこかほっとした様子。

しかし甘かった。

急激な引き起こしのため三人は失速。そのまま落っこちた。

智子、オヘア、ビューリングが無事だったのは、ウィッチの身体が頑丈なのと、ぎりぎりの引き起こしで浮いたからだろう。その代償として、ストライカーユニットは三機とも損壊した。

智子は地上から合図をして、ハルカに飛行場へ着陸するよう命じた。どこかに飛んでいったウルスラも戻ってきている。エルマもいずれ下りるだろう。それらを確認してから、ストライカーユニットを担いで基地へと歩く。

「とんだ目に遭ったわ……」

智子は先頭を歩きながらぼやく。背後からオヘアの相変わらずな声がした。

「ここでもストライカーユニット壊したねー」

悪びれた様子がない。最後尾を歩くビューリングが言う。

「リベリオンは物資不足になったことがないから、贅沢《ぜいたく》だな」

「オー、ブリタニアはそんなに貧乏ですか」

「どこかの国が勝手に独立しなければ、まだ繁栄していたんだ」

「恵んであげてもいいねー」

智子は先頭で雪を掻《か》き分けつつ進む。

「ねえビューリング」

「ん？」

「あんた……わりとやるわね」

「それよりタバコ持ってないか。ここに来る前にもらったんだが全部吸った」

「ない。実戦どこでやってたの？」

「ブリタニアからカールスラントに運ぶ物資の護衛だ。ハリケーンで途中まで飛ぶ」

「その前、どこかにいたんじゃなかったっけ。国際ネウロイなんとか」

「……そんなことがあったかもしれない」

ビューリングは口をつぐむ。あとは黙って歩き続けた。

会話が途切れ、三人は黙々と進んだ。これが山の中だったら疲れる上に迷っただろうが、幸いにもすぐに基地へ戻ることができた。

基地ではエルマが出迎えてくれた。彼女は心の底からほっとしていた。

「よかった……。墜《お》ちたって聞いて、心配してました」

智子は軽く頭を下げた。

「どうも。訓練中に事故を起こしてすみません」

「いいんです。無事でよかったです」

どう見ても本心なので、さすがに智子は申し訳なくなった。

「智子少尉、大丈夫でしたか⁉」

これはハルカだ。両手を胸の前で合わせて目を潤ませている。智子は安心しろと言わんばかりに手を振った。

「ぴんぴんしてるわよ」

「確認させてください。具体的には二人きりになって服を脱がせて身体の隅から隅まで……」

不穏なことを口走りだしたのでハルカの前から離れる。すると、今度は別方向から、もっと甲高い声が飛んできた。

「おほ、おほ、おほほほほっ！」

笑い声だ。智子は華族でもいるのかと、己の耳を疑った。

右手側に、曇天の下でも非常に目立つ金髪をした少女がいた。前髪は持ち上げられ顔の両側に垂れた髪はロール状になっている。身長は智子よりも高く、やたら高飛車なのが笑い声からよく分かった。

彼女の後ろには同年代らしい少女が六人。揃ってスオムス空軍の青いマークをつけた制服を着ていた。

「まったくお話にならないわね！」

智子たちに向かって言っているらしい。言われている方は、なんだこの近所で物笑いの種になりそうなインチキ華族のお嬢様はと思っていた。

「義勇兵が来たというから見に来たのに、とんだ不良外国人ばかりね！」

言い返そうとした智子より早く、エルマが口を開いた。

「ミカ・アホネン大尉！」

不良呼ばわりされたことも忘れ、智子は危うく笑いそうになった。アホネンが目ざとく見つける。

「そこのあなたと、そこのあなた！　今笑わなかった⁉」

指を指されたのは智子と、隣のハルカである。二人は首を振る。

「いやまさか」

「とんでもありません」

頬の内側を噛《か》んで必死に取り繕う。ハルカは自分の太ももを思い切りつねっていた。

アホネンはなおも疑い深く見つめつつも、

「まあいいわ。下から見てたけど、いきなり事故を起こしたみたいね。なにをしに来たのかしら」

「訓練に熱が入っただけよ」

なんとか笑いを引っ込めて、智子は言い返す。アホネンは「ふん」と言った。

「どこが熱心なの？　あなたとブリタニア人は時代錯誤の刀で格闘戦、そこのカールスラント人はどこか遠くに行ってしまうし、リベリオン人はただ突っ込んできただけ。まともなのはもう一人の扶桑人だけじゃないの！」

もう一人が一番まともじゃないわよと智子は思う。ハルカ本人はいやそんなと何故か照れていた。

「そんなことありません！」

意外なことにエルマが反論した。

「皆さん熱心に訓練してました！」

「あなたが一番駄目じゃないの中尉！　逃げ出して飛行場の上でくるくる回っていただけ！　ひばりがつがいの相手を探しているんじゃないのよ。そういえばあなたのコールサインはひばりだったわね」

「今はスオムス一番です！」

「一番ですって！　一番はわたくしたちのことよ！　この第一中隊のこと！」

アホネンは自らの胸に手を置き、自慢げに言った。

つまり彼女はこの第28戦隊第一中隊の中隊長というわけだ。義勇独立飛行中隊が第二中隊だから一もいるとは思ったがこんなやつらであったか。

「あなたたちは二番目どころじゃないわ。一番下。いらないウィッチを集めたいらない中隊！　いらん子中隊ね！」

「いらん子中隊⁉」

智子は激昂《げきこう》した。

「あんたみたいなエセ華族に言われたくないわよ！　貴族に憧《あこが》れて馬鹿な真似事してるウィッチのがよっぽどいらないじゃない！」

「わたくしのは地よ！　自分たちが役立たずでいらないウィッチの集まりってことくらい、認めたらどうかしら！」

「いらないとか……」

智子は憤然として義勇独立飛行中隊の面々を見回す。

だがエルマはうつむいており、ビューリングは我関せずとそっぽを向いていて、オヘアは自分のことなのにけらけら笑っている。ウルスラはそわそわしているが、これは早く本を読みたいのだろう。そしてハルカはまだ照れていた。

彼女は確認したことを後悔しながら言った。

「あー、えー、その……いらないウィッチなんていないわ。みんな一流よ」

「本当ー？　ものすごーく、ためらいがあったけど」

「……一流よ一流！　私は特に！」

智子はあえて大声を出した。

「スオムス救援のために来たのよ！　ネウロイなんていくらでも墜《お》としてやるわ！」

「あーら、それは頼もしいこと」

アホネンはせせら笑う。

「だったらせいぜい訓練することね。そうすればトナカイ程度なら倒せるようになるわよ。おほほほほ！」

彼女は高笑いをする。それからハルカのところに近づき、白く長い指を伸ばして頰を撫《な》でた。

「こんな可愛らしくて見所のある娘《こ》がいるのに……。よかったらいつでも第一中隊にいらっしゃい」

そして部下たちをうながし、去って行く。

智子はしばらく啞然《あぜん》とした後、拳《こぶし》を握り、身体を震わせた。ここが屋外だということも忘れ、全身の血を沸騰させていた。

「中尉！」

エルマの方を向く。

「は、はいっ」

「なんですかあの女は！　言われっぱなしでいいんですか！」

「あ……いえ……そうなんですけど……」

エルマはおどおどしながら答えた。

「アホネン大尉はここで一番の腕利きなんです」

「まさか」

「本当です。操縦技術だけじゃなくて、中隊長としても認められているんです。24戦隊から何度も誘われているんですけど、そのたびに断るくらい28戦隊を愛していて……」

高慢な態度とは裏腹に評価は高いらしい。逆にそうでなければ、あんなふざけた態度は黙認されないだろうし、中隊長職も任されていないだろう。

だからと言って、黙ったままは腹が立つ。

「訓練です！」

智子は言い切った。

「もっともっと訓練するんです！　アホネンや武子を見返すためには腕を上げて戦果も上げるんです！」

「穴拭少尉の個人的な怨《うら》みが混じってませんか……？」

「それがなんです！　明日も訓練しますから！　いいですね！」

智子は返事も聞かず、建物へと戻っていく。すでに頭の中は、明日からの訓練スケジュールで一杯だった。

第三章
3
LUKU
HILJAINEN NOIDAT
SUOMUSIN SOPEUTUMATTOMIEN LAIVUE

訓練三昧

　義勇独立飛行中隊の宿舎は木造である。雪と同じくらい大量にある木材をふんだんに使っているので、山の中にあるロッジみたいだ。ウィッチに割り当てられた室内は、ベッドも机も全て木製。部屋の隅にある薪《まき》ストーブだけが金属製だった。

　朝、目が覚めてから、智子《ともこ》は少し後悔した。昨日の事故でストライカーユニットが三機損壊したのだ。これでは訓練にならない。義勇独立飛行中隊に予備機などという贅沢《ぜいたく》なものがあるはずもなかった。

　格納庫《ハンガー》に向かった。修理がいつ終わるのかくらい聞いておかなければ。場合によっては座学と飛行場周囲のランニングばかりの訓練となる。

　昨晩の新雪を踏みしめながら格納庫《ハンガー》へ。緊急出撃《スクランブル》に備えて大きな扉は開けっぱなしだ。にもかかわらず、中には熱気が籠《こ》もっている。整備兵たちが忙《せわ》しげに作業をしていた。

「あれ……？」

中央には智子の九七式戦闘脚、オヘアのF2A、ビューリングのハリケーンが並んでいた。どれも傷がなく、修理が完了している。塗り直しまでされていた。

きょとんとしているとエルマがやってきた。手伝っていたのか、制服のところどころに油がついている。

「穴拭《あなぶき》少尉。修理、終わりましたよ」

上機嫌だ。智子は不思議な気持ちが抜けていない。

「もう終わったんですか……？」

「はい。整備兵の人たちに無理してもらいました」

「こんなにたくさんいましたっけ」

「メーカーや工場の人たちに頼んでおいたんです。外国からウィッチが来るから手伝ってくださいって、いっぱいお願いしました」

エルマはにこにこしながら説明した。

多数いる理由は分かった。だが義勇独立飛行中隊のストライカーユニットは、各々が持ち寄っているのでバラバラである。下手したら整備マニュアルが存在しないし、あっても現地語で書かれている。なのに一晩で修理を終わらせるとはよほどの腕利きなのか、他に理由があるのか。

「でもよく整備兵に徹夜させられましたね。言うこと聞かないでしょう」

エルマはすぐに答えた。

「果物やお菓子をあげたんです」

智子は首を傾げる。

「そんなのありました？」

「歓迎会をし損ねたじゃないですか。果物やお菓子が余っちゃって、もったいないから整備兵の人たちに差し入れしたんです。お酒もありましたから、とても喜んでくれましたよ。あっ、でもこのこと、ハッキネン大尉には言わないで下さいね」

人差し指を口につけ「しー」と言っていた。

ストライカーユニットの整備兵なんてのはプライドが高いから、階級だけで従わせようとしてもすぐボロが出る。仮にウィッチが高圧的な態度をとろうものなら、整備を遅らせるどころかいつまでたっても終わらなかったりするのだ。なのにこんな大勢の整備兵たちの言うことを聞かせるとは。

智子は整備兵たちを見て、またエルマに目をやった。

「……中隊長職、向いてるんじゃないですか？」

「ええっ！　いきなりなんですか!?」

エルマは怯《おび》えたようになって後ずさる。

「わ、私……なにか怒らせること言いました……?」

「昨日もアホネン大尉に反論してましたよね。やっぱり中隊長になるべくしてなったんじゃ」

「そんなことないです、私なんか駄目な子です！　無理です、無理ですって！　訓練でも穴拭少尉に負担ばっかりかけてるし……！」

顔を背けて両手をバタバタさせている。智子は「分かりましたからこっち向いてください」と言った。

エルマは恐縮して小さくなっていた。智子は落ち着かせるように言う。

「じゃあもうなにも言いません」

「どうも……」

「今日も訓練しますから、エルマ中尉も飛んでください」

「また撃墜されるんですか……」

「あれは勝手に撃墜って言っただけでしょうが」

「今日は休日にしません……?」

「しません。朝食後に滑走路に集合です」

智子はそう告げると、いったん自室まで戻った。

朝食はウィッチにとって大事な仕事の一部である。体力に加えて魔力も消費するので、カロリー補給は一般兵士よりも優先されている。

食堂に集合。席に着いたらすぐに食べはじめる。スオムス郷土料理というわけではなく、ごく普通にライ麦パンとバターとスープであった。ただ量は多い。戦争のため、カールスラントあたりだと乳製品は品薄らしいが、ここはバルトライン経由で入ってくる。

智子はパンがそれほど好きではない。扶桑人は米と味噌汁《みそしる》なのだ。むしろ海軍出身のハルカの方がパン食に慣れていた。

ハルカはパンを口に運びながら、なにやらぼんやりしていた。智子は思わず注意する。

「ちょっと、眠いの？　訓練中の事故の元よ」

はっとするハルカ。

「あっ、いえ、ごめんなさい。実は智子少尉のことを考えてまして」

「私のこと？　どんな」

「昨日の夜、私のベッドに来てくれないかなあって考えてました。北欧の夜空を感じながら、たった二人の扶桑人がベッドで互いの温度を感じるって、とっても幻想的じゃないですか」

「……なんで私とあんたがそんなことすんの」

「運命だから、でしょうか」

　返答に困ることを言うハルカ。

「でも昨日のアホネン大尉がなんだか魅力的だったんで、ちょっとときめいちゃったんです。こんなこといけませんよね。だって二人の素敵な女性が私を取り合うなんて、もうお姫様になったみたいで……」

　智子が「取り合ってないわよ」と言うものの、ハルカは聞いていない。夢見心地のままスプーンからスープをこぼし続けていた。

　朝食後、滑走路脇にウィッチたちが集合する。彼女たちの目の前で、アホネンたちの第一中隊が離陸した。

　雪の反射が眩《まぶ》しいので、智子は目を細めてそれらを眺めた。皆綺麗《きれい》な飛び方である。離陸から上昇までの流れに澱《よど》みがなく、編隊にも乱れはない。各々が好き勝手する義勇独立飛行中隊とはえらい違いである。

　あのアホネンという中隊長の統率力は見事なものだ。腕がいいというエルマの評は間違いではないようだ。第一中隊は雲の中に隠れてすぐに見えなくなった。

　智子は改めて告げる。

「……今の第一中隊を見て分かったかしら。あれこそがウィッチの編隊というものよ」

彼女は言葉に力を込め、気合いを入れる。

「残念ながら今の義勇独立飛行中隊にあのような実力はない。でも、各々が全力を尽くせば必ずや第一中隊に負けない技術を得ると確信……」

そこまで言ってから気づく。一人足りなかった。

「……ビューリングはどこ？」

皆も気づき、あたりを見回していた。ウルスラが言う。

「なんか、お腹が痛いみたいです……」

彼女は朝食の席でビューリングの隣だった。食べ終わったら腹痛を訴えたのだという。

「部屋にいるのかも……」

「バターが身体に合わなかったのかしらね。仕方ないわ」

智子は改めて宣言する。

「今日はこの面子で訓練よ。ビューリングよりもずっと上手になって、あの女を置いてきぼりにするわよ！」

腕を振り回して鼓舞し、先陣切って離陸する。

その日の訓練は午前午後とみっちりおこなった。当然のように筋肉痛に悩まされ、技量はまるで上昇しなかった。

＊　＊　＊

智子による訓練は五日ほど続いた。

訓練内容は、ネウロイ撃墜のための格闘戦習熟がメインである。運動性能を活《い》かして大空を舞い、敵を墜とすことこそ本分。義勇独立飛行中隊全員が自分と同じくらいにならないと、とても勝利はおぼつかない。武子《たけこ》とアホネン、それにどこかにいるに違いない自分を馬鹿にする連中全てを見返すためには、腕を上げねばならないのだ。

「とはいうものの……」

彼女は誰もいないブリーフィングルームで、一人頭を悩ませていた。

「どうやって腕を上げればいいのかしら……」

十日ほどでは劇的な上昇は見込めない。それは分かる。しかしどうして誰も彼もその萌《ほう》芽《が》すら見えないのだろうか。

オヘアは相変わらず着陸が下手だ。壊してこそいないが、降下が急で着陸速度が速すぎる。そして決まって手をバタバタさせるのだが、あれはなんのまじないだろうか。

エルマは逃げ回る癖こそなくなったものの、今度は味方を見つけてはふらふらと寄っていくので危なくてしょうがなかった。空中衝突の原因になるので注意したら、次は遠くに離れすぎる。

ハルカは注意力がどうにも薄い。たとえば味方の真後ろにいても平気で魔導エンジンを全開にするのだ。これもやはり危ない。注意力の散漫は、ネウロイの接近を見落とすことに直結し、ひいては被撃墜に繋《つな》がる。

ウルスラは気もそぞろ。ただひたすらに真っ直ぐ飛んでは戻るの繰り返し。どうも本を読みたいらしい。そのため集中力が途切れることがあった。時々格納庫《ハンガー》で見かけることもあるのだが、いったいなにが楽しいのやら。

そしてビューリングだが、彼女はそもそも訓練をしていなかった。

さらに五日が過ぎ、ウィッチたちの腕前はいっそう下がったように感じられた。

その日の訓練にもビューリングは顔を出さなかった。智子の怒りはもはや成層圏まで届きそうになっていた。

初日に腹痛を訴えたかと思えば、頭痛だ腰痛だと言ってくる。あるときなど全身が痛いと自室の前に貼り紙をし、鍵《かぎ》をかけて籠《こ》もっていた。

これは絶対仮病である。

「またさぼり⁉」

智子が叫ぶ。朝食の時は確かにいた。あれだけ食べていれば、病気だって治っているはずだ。

ふざけんなあの女と智子は呟《つぶや》いた。ビューリングは貴重な経験者だ。腕も悪くない。初歩的な訓練をやっても無駄だと思っているのかも知れないが、甘く見られては困る。

しかし今は手が回らない。技量が下の下の下のウィッチどもを鍛えねばならなかった。あれでは実戦ですぐ死んでしまう。ブリタニア人なんぞに関わり合ってる暇はないのだ。

本日は編隊飛行の訓練。なんだか順序が滅茶苦茶《めちゃくちゃ》だが、改めてやり直す必要があった。

「真っ直ぐ飛ぶわよ」

智子は離陸前に言った。

「ふらふらしないで、お互いの位置関係をきちんと確認するの」

ビューリングを除く五人は、滑走路から離陸した。

ちょうどアホネンの中隊とすれ違う。彼女は「おほほ、また訓練なの？」と聞いてきたが智子は無視した。基礎的な編隊訓練だなどと返事でもしたら、また馬鹿にされる。

十分に高度を上げてから、北東、サイマー湖方面に向けて飛ぶ。

先頭の智子は何度も振り返ってウィッチたちを確認する。さすがに初歩の初歩だけに、全員きちんと飛行はできた。

問題は各々の位置と周囲の警戒である。

「全員、ウィッチが必ず一人は視界に入るようにして」

智子はときおり背面になって上空を見ながら言った。

「それから自分以外のウィッチの死角を見るようにするの。特に太陽方向。眩《まぶ》しいからって目を背けちゃ駄目。太陽の中から攻撃されたら逃げられなくなるわよ」

「オー、敵の警戒ですねー」

とオヘア。

「でもまだネウロイ来てないねー」

「だからなに。戦いになってからやりはじめても遅いわよ」

智子の台詞《せりふ》に、ウィッチたちはしきりときょろきょろして周囲の警戒をはじめた。

なにやら歩いているときの鳩みたいな動きだ。疲れるし恰好《かっこう》いいものではないが、これをやらないと奇襲攻撃の餌食《えじき》となる。

幸いにも今のスオムスは戦争状態になく、この手の基礎的な訓練もおこなうことができた。智子としてはさっさと戦争をはじめてもらってネウロイを墜《お》としたいが、この状況をできる限り利用しないと。

サイマー湖に差しかかる。スオムスは雪に覆われた森の中に大小様々な湖沼が入り乱れており、サイマー湖はその中でも大きい部類に入る。起伏が多くて平地の少ない扶桑とはえらい違いである。

凍結した湖面には薄く雪が積もっていて、きらきら輝いている。智子は停止を告げた。

ウィッチたちはサイマー湖の上空でホバリングした。一般の固定翼機と違い、ウィッチはこういうことが可能である。もちろんコツはいるが、おかげで三次元機動の種類が増し、ネウロイを上回ることもできる。

「二人一組になるわよ。エルマ中尉とウルスラ、ハルカとオヘアね」

「私は智子少尉がいいです」

ハルカが言うが、智子は首を振った。

「そうしたらオヘアが一人でしょうが」

「智子少尉が一人ぼっちになっちゃいます。私が慰めます」

「不穏な言葉が聞こえたけど、私は指導役だから一人でいいのよ」

「どうして一人なんですか。一生独り身なんですか」

「変なこと言わないで。どっかの誰かが仮病を止めて出てくればこんな必要もなくなるわね」

智子はそれぞれの組に、互いを見失わないようにしながら飛行するように命じた。彼女自身は高度をとって様子を見る。

しばらくそのまま皆の飛行を観察した。

意外なことに、エルマとウルスラの組は完璧だった。適切な距離を取り、周囲への警戒も申し分ない。上昇や旋回などでも僚機を見失ったりしなかった。

驚きながら手を叩《たた》く。インカムを通じてエルマに話しかけた。

「結構できますね、中尉」

『あ……ありがとうございます』

照れているのがインカム越しにも伝わってくる。

『私もこんなにうまくいくなんて……』

「最初の訓練で逃げ回っていた人とは思えません」

『戦闘にならなきゃ大丈夫なんです』

それはそれでどうなんだと思う。曲がりなりにもウィッチで、ネウロイと戦うのが稼業だ。

『ウルスラさんも上手ですよ。気を遣わなくたってちゃんとしてくれています』

「ええ、ここからも見えます」

　ウルスラはエルマの左後方についており、距離を一定に保っていた。しきりと首を東に向けているのは、太陽を確認しているのだろう。隠された才能なのか、それとも読んでいた教本のおかげなのか。

「なんか、エルマ中尉とやり方が似てますね」

『えーっと、そうなんでしょうか』

　エルマ自身に自覚はないようだが、きちんとしているのだから無問題だ。智子は少し気分がよくなり、ハルカとオヘアの組を見る。

　頭がくらっとした。

『ひゃあああっ、オヘアさん、邪魔しないでくださーい！』

『ハルカがミーの進行方向を塞《ふさ》いでるね。早く退《ど》くねー』

『きゃー、きゃー！』

　インカムには二人の悲鳴が交互に流れ込んでいた。

　ハルカとオヘアは共に蛇行している。相手の後ろを取ろうと左右への急旋回を繰り返すことをシザーズ機動というが、期せずしてその状態となっていた。

　智子は唖然《あぜん》として、しばらくの間妙に綺麗《きれい》なシザーズ機動を見つめていたが、やがて我に返った。

「なにしてんの！　真っ直ぐ飛んで！」

『ハルカが滅茶苦茶ねー』

「ハルカ！　機体を安定させて、そんなこと続けてると失速する！」

『はわわーっ、前が見えませーん！』

「見えないってなによ！」

智子は降下してハルカの後ろにつく。背中から近づき、隙を見て両手で抱き留める。

「きゃー！　襲われましたー！」

ハルカはじたばたする。智子はちゃんと聞こえるよう耳元で言った。

「私よ！」

「え……智子少尉！　やっぱり私たちは繋がっていたんですね……物理的に」

「馬鹿言ってないで速度落として！」

智子のおかげでハルカの身体は安定していた。そのまま巡航速度以下に速度を下げていく。

サイマー湖の上空をぐるっと回った。

「なんだってあんな飛び方するのよ」

「すみません……。ちょっとよく見えなくて」

「そりゃ空の上なんだから、目標なくて見えないのは当たり前よ。そんなときは下見て地形を頼りにするの。海軍さんの渡洋飛行より楽なはずよ」

「はい……」

さすがに面目ないのか、ハルカはしょんぼりしている。

オヘアがやってきた。彼女はサイマー湖の対岸まで飛んでから大回りして戻ってきていた。

「いやー、危なかったねー」

「あんたもちゃんと飛びなさいよ」

「ハルカがふらふらしてるからびっくりしたねー」

「そういうときは、高度上げるか下げるかしてよければいいのよ。戦闘機動じゃないんだから、自分の安全だけを考えなさい」

「オー、智子は親切ですねー」

オヘアがほんの少しだけ驚いた。

「本国《ステーツ》ではミスするたびに怒られてたねー」

「ストライカーユニット壊しすぎたんでしょ。当然じゃない」

「ミーは着陸が苦手なんでーす」

智子は「精進しなさい」と言ってから、上空を仰ぐ。エルマとウルスラがゆっくり旋回していた。

この二人はとりあえず問題ない。手放しで褒めるわけにもいかないが、戦闘でなければまともなのだ。いざ実戦ともなるとサーカスめいた機動もおこなうことがあるので、まだ安心できない。

智子はインカムを通じて帰還を命じた。

行きと同じ時間をかけてウッティまで戻る。到着したが智子はあえて着陸を命じず、皆で飛行場の上空を回った。

「オヘア、先に下りて」

「ホワィ？」

「事故の癖があるんでしょう。見てるから」

「扶桑海のトマト御前《ごぜん》に見られると照れるねー」

「トマトじゃなくて巴《ともえ》。一番手やって」

オヘアは高度を落とす。ここまでは問題ない。

だが明らかに着陸速度が速かった。いくらなんでも突っ込みすぎだ。変な癖でもついているのか、滑走路を端から端まで一杯を使いそうな気配だ。ウィッチなのだからもっと短い着陸距離で十分なはず。

安定自体は失われていない。あれならなんとかなるなと思った瞬間、オヘアが腕を上げた。

「え……？」

智子が呟《つぶや》いた途端、オヘアは腕をバタバタさせる。

「またあのおまじない⁉」

おかげでオヘアのバランスが崩れた。脚がとんでもない方向を向き、身体が急に沈む。べちゃっと、オヘアの身体はカエルみたいに滑走路に叩《たた》きつけられた。

智子たちは急いで着陸する。そのままオヘアのもとまで駆け寄った。

「ちょっと、大丈夫⁉」

智子が声をかける。オヘアはひっくり返ったままだったが笑っていた。

「ノープロブレム。ミーは平気ねー」

制服が多少汚れた程度で怪我もなさそうだ。ストライカーユニットも奇跡的に損傷が見られなかった。

「いつもこんな感じねー」

「いつもじゃ困るわよ。なんでそうなんの？」

「ミステリーでーす」

当人は慣れっこなので気にしていないが、智子はそうもいかず、オヘアの着陸まで動きを思い返していた。

墜落するまでは特に問題あるようには見えなかった。着陸速度が速いがまあ許容範囲だ。となると、やはりあの腕をバタバタさせる行動に原因がある。あれがなければ改善されるはずだ。

だがなんであんなまじないをおこなうのか、見当がつかない。

死んだ先祖でも呼び出すつもりなのかと考えていると、横のエルマが口を出した。

「あの……オヘアさん」

「なんですかー？」

エルマはさっきオヘアがやっていたのと同じように、腕をばたつかせる。

「この腕の動きですけど……ひょっとして、索を摑もうとしてません？」

オヘアは首を傾げると、同じように腕を動かす。そして顔を輝かせた。

「オー、その通りでーす！　制動索を摑《つか》むつもりでしたー！」

最初は会話内容が把握できなかった智子だったが、直後に理解した。

「あー、空母で着艦するときのやり方！」

「イエース！」

つまり、緊急時に使われるウィッチ用制動索を摑む動作だったのである。道理でバタバタ動かしているはずであった。

「ミーが着陸するときはいっつも制動索が立てられたんでーす！　みんなから絶対に摑んで離すなと言われ続けていて……」

「だからここでも、思わずやってしまった、と」

智子は感心するも、すぐに気を取り直した。

「直しなさいよ！」

「どうすればいいんですかー？」

無邪気に聞かれ、智子はハルカに視線を動かす。ハルカは勢いよく首を振った。

「私、空母に乗ったことないので分かりません」

「海軍さんでしょ？」

「不器用だから陸上航空隊だけにしときなさいって、教官が」

慧眼《けいがん》であろう。少なくとも着陸事故を起こすことはなかったわけだ。

しかしそうなると、どうやって解決した方がいいか分からなくなる。智子はハルカなら同じ経験をしたことがあるかと思ったのだ。

またエルマが言った。

「いっそ縛っちゃいましょうか」

「ホワット？」

怪訝《けげん》な表情を作るオヘア。エルマはいいアイディアを思いついたと言いたげだ。

「両手を縛って飛ぶんです。着陸するときもずっとそのままでいれば、癖も直ります」

「へーイ！　なに馬鹿なこと言ってるですかー!?　武器も持てないねー！」

「どうせ射撃訓練なんて先の話です。私たちはまずちゃんと飛ばないと」

彼女は智子を見た。智子はうなずく。

「やってみようか」

「智子ー！」

「着陸の時にバタバタしないよう、ちゃんと固定しよう。今よりだいぶましになるかも」

「扶桑人はミーを縛っていやらしいことするつもりねー！　絵で見たねー！」

「変なこと詳しいのね」

オヘアの抗議を受け流し、さっそくロープを持ってこさせた。

格納庫《ハンガー》の隅に落ちていたのをハルカが発見し、どさくさ紛れに智子も縛ろうとしたのを防ぎながらオヘアに縄をかける。両手を縛ってからさらに身体に固定した。

出荷前のハムみたいな身体を見下ろし、オヘアは世にも情けない顔をしていた。

「ミーの姉が見たらなんて言うか……」

「姉妹いんの？」

「四人いるねー。みんな陸軍に入って、海軍のミーを一家の恥さらし呼ばわりねー」

「写真撮られてリベリオンに送られたくなければ、事故らずに着陸すること」

智子は嘆くオヘアに発破をかける。四人のウィッチと一人の縛られたウィッチによる飛行訓練は、しばらくの間続いた。


オヘアの癖が抜けるまでは少し時間が必要だ。だからと言って訓練を休むわけにはいかない。

もっと訓練を。さらに訓練を。午前に飛んで昼食をとって午後にも飛んで夜間飛行はやりたいけど我慢する。智子は己の格闘戦に磨きをかけるために、たった一人の自主訓練までしていた。

この訓練には参加していないのが一人いる。言うまでもなく、ビューリングだ。

誘おうが命じようが、いっこうに訓練をおこなわない。命令違反の常習犯らしく、脅そうが軍法会議をちらつかせようが反応は薄かった。

経歴からして技術に問題があるようには見えない。だから怖いとか危ないなどの理由ではなく、純粋にやる気がないのだ。智子としては、こんな問題児に関わり合っていると自分の腕まで落ちそうになるので、放っておくしかなかった。

ある日のこと、いつものように義勇独立飛行中隊の面々は滑走路脇に整列した。

緊張の面持ちのエルマと、智子を見るたびに赤面しているハルカ、重罪犯ばりに縛られているオヘア。相変わらず個性的すぎるのは諦《あきら》めるとして、妙にすかすかな気がする。

なんか少ないぞと智子は首を傾げ、すぐに思い至った。

「ウルスラは……？」

「朝は一緒だったねー」

オヘアが縛られたままぴょんぴょん飛び上がった。

「なんか荷物が届いたみたいで、基地の詰め所まで受け取りに行ってたねー」

「じゃ部屋で荷物開けてるの？」

「とっくに開け終わったはずねー」

どういうことだと思い宿舎の方角に目を向ける。大きな木箱が右から左へと移動していた。

怪訝に思っていると、木箱の後ろに手足が見えてきた。勝手に動いているのではなく、人によって運ばれているのだ。運んでいるのはウルスラだった。

ウルスラはよたよたしながら、木箱と共に格納庫《ハンガー》に隣接した倉庫の中へと入っていく。

重そうなシャッターが閉まった。

唖然《あぜん》としていた智子は我に返り、皆に待機を命じると倉庫へと走った。

シャッターを開ける。倉庫のウルスラは中央にいた。

「ちょっと！　訓練よ、なにしてんの！」

木箱が開けられ、緩衝材代わりの木屑《きくず》が散らばっている。ウルスラは背を向けたままなにも言わない。

智子は足音も荒く、倉庫の中へと入っていった。

「ウルスラ！」

「……近寄らないでください」

ウルスラが振り向く。

いつになく真剣な表情だ。元々が無表情気味であるのだが、今は強張《こわば》っていた。

「危険です」

智子は遠慮なく近づく。

「なにが危ないっての。冬のスオムスより危険なんでしょうね」

背中越しに覗《のぞ》き込む。コンクリートの床に鉄製の台が置いてあった。台に鉄筋が溶接されており、不恰好《ぶかっこう》に曲げられ、刀掛けのようになっている。その上に鉄のパイプらしきものが固定されていた。

「……なにこれ」

「試作したロケット弾です」

ウルスラは緊張の面持ちを崩さずに答える。

「これから燃焼実験をします」

「あのねえ、私たちは訓練するの。そんなのは休みの日にでもやって……燃焼実験⁉」

目を見開く智子。

「こんなとこで⁉」

ただの倉庫である。防火壁や消火設備があるわけでもなく、中は可燃物で一杯だ。

「失敗したらどうすんの！　成功してもただじゃすまないわよ！」

ウルスラはふと、遠くを見るような目つきになった。

「以前、姉さまに言われたことがあります。ウルスラにはその才能をたくさん活《い》かして欲しい。ただしどこか遠くでと。スオムスはまさに最適です」

「危ないからよそでやってろって言われたんじゃない！」

「真の技術とは失敗から生み出されます」

ウルスラは手に持った電気式着火装置の接点部を鉄パイプの開口部に差し込んだ。そしてスイッチを両手で持つ。

「いきます」

「いかないでー！」

智子は急いで伏せる。せめて少しでも生き延びようと、腕を後ろに向けてシールドを張った。

カチリ。続く轟音《ごうおん》と爆炎を覚悟する。

しかしなにも起こらなかった。数秒数え、自分が無事と分かり、智子は大きく息を吐く。

それから起き上がった。

ウルスラもシールドを張っていた。結果がどうあれ自分は生き残る気満々だったようで、なかなか頭が回る。

「……失敗しました」

ウルスラが呟《つぶや》く。推進剤が詰まっているであろう鉄パイプからは、毛ほどの炎も見られなかった。

智子が胸を撫《な》で下ろす。

「危なかった……」

「残念です」

「残念じゃない！　下手したらここが吹っ飛んでいたわよ！」

ウルスラはきょとんとしていたが、やがて「あ」という言葉が顔に浮かんだ。

智子は呆《あき》れた。

「まったく……。ずっと本を読んでいたのってこのため……？」

こくりとうなずくウルスラ。彼女が読む本は教本だけだと思っていたが、確かに専門的すぎる本も持っていた。

「なんでロケット弾なんか作ろうとしたの。月にでも行くつもり？」

「私は射撃があまり上手《うま》くないので……」

「火力で勝負したかったとか？」

再びウルスラはうなずいた。

つまりロケット弾の大火力でネウロイを吹っ飛ばそうとしたのだ。今の義勇独立飛行中隊にそのような装備はない。あるのはウィッチ用に改良された機関銃のみ。射撃が苦手なウルスラには厳しい。なので自ら作ろうとしたようだ。

「だからって、今やっていいってことはないわよ！」

智子はいったん激昂《げっこう》してから、感情を鎮めた。

「まあ……自分なりに努力してるってことは認めるけどね」

ウルスラの表情がぱっと輝く。すかさず智子は釘《くぎ》を刺した。

「でも訓練さぼるのは駄目」

智子はウルスラにきちんと後始末をさせると、次はひとけのないところでやるようにと念を押してから、訓練に連れ戻した。

改めて離陸し、飛行訓練と射撃訓練を並行しておこなう。

射撃は意外なことにエルマが一番うまかった。空中射撃はそれほどでもないが、地上目標に当てるのはかなり上手だ。

次にうまいのはオヘア。いちいち鬨《とき》の声を上げながら撃つのでやかましいことを除けばまあまあ。テキサス生まれの習性なのだろうか。

ウルスラは自分で言うだけあって上手ではない。目標が少し回避機動をおこなうと、途端に不安定になる。

「姉さまは上手なんです」

ウルスラは妙な言い訳をした。

「優秀なウィッチです。優秀なので、ここには派遣されないと思います」

知る必要もない情報に智子はうんざりした。確かに本当の意味で優秀だったら手放さないものだ。なにせカールスラント自体が激戦地域なのである。

そのカールスラントに派遣された武子と、自分の境遇を照らし合わせると陰鬱《いんうつ》な気分になるが、もはや詮無《せんな》いことだ。その優秀な姉に出会うこともないだろう。

一番下手なのは例によってハルカである。最初はルイス機関銃の銃身が曲がっているのかと思ったがそうではない。とにかく当たらないのだ。偏差射撃が難しいのは当たり前だが、なにゆえ命中しないのか。

「きっとこれは、私の中にある智子少尉への憧《あこが》れが足りないからです」

ハルカはここ数週間で一番おかしなことを口にした。

「憧れを増すために、なにかご褒美をください」

図々《ずうずう》しいなこの女との感情が湧き、智子は聞き返す。

「なにが欲しいのよ？」

ハルカは顔を真っ赤にし、身体をもじもじさせた。

「えっ、えーと……」

「早く言いなさいよ」

ハルカは意を決して叫ぶ。

「とっ……智子少尉が、私のことを好きって言ったらきっとうまくなります！」

「好き。はい訓練して」

「えっ……あ、あの、軽すぎませんか⁉」

智子は聞き返してくるハルカに告げた。

「言ったわよ」

「本気じゃないですよね⁉」

「当たり前でしょうが。ほら、さっさと訓練続ける！」

「うう……愛が伝わらない……」

ハルカはがくりと肩を落としつつ、射撃訓練をおこなった。

繰り返しているうちに休憩時間となる。ウィッチには食事と同じくらい休息が必要だ。体力と魔力、この二つが充実していないと力を発揮できない。そして消耗したら休息（含食事）でしか回復されなかった。薬物によって戦闘時間を長引かせる方法もあると言えばあるが、反動がキツイのでいいやり方とは言えない。

訓練の休み時間中に、智子は墜落したときの心得を説明した。

「いい？　サバイバルキットの中身は全員同じものを同じ位置に入れておくの。真っ暗闇になったら手探りになるわ。他の人が使うときに、どこになにがあるか分からなくなったら困るでしょ」

エルマがお茶セットを持ってきていたので、皆は車座になってお茶を啜《すす》っていた。

「救援部隊が分かりやすいような目印も必要ね。白い布とかは駄目よ。スオムスじゃただのカムフラージュだから」

「はい、あとですね」

ハルカが勢いよく手を挙げた。

「海軍ではですね、絶対に諦めるなって教わるんです。私たちは落っこちたら海ですから、もう駄目だって思っちゃうんです。でも絶対に助けが来るって思えば助かるって言われました」

「あんたにしてはまともな意見ね」

智子は感心した。ハルカは頰を膨らませる。

「酷《ひど》いです。いつだってまともなのに」

「それは嘘でしょう」

「確かに智子少尉のことになると正気じゃなくなります」

ハルカは照れくさそうに頰を染め、智子はある意味安心した。

昼食のために基地へと帰る。今度も智子はオヘアに「最初に着陸して」と告げた。

「またミーから?」

「私たちは上から見てる」

オヘアはぶつぶつ言いながらも、両手が縛られた状態で着陸態勢に入る。今までとは違い、荒っぽいもののきちんと着陸できた。元々が空母乗りである。狭いところへの着陸技術はある。

智子たちも相次いで着陸する。オヘアは縛られたまま胸を張っていた。

「これでミーの着陸は完璧《かんぺき》ねー」

「完璧じゃないわよ。当分縛ったままだから」

そう告げる智子に、オヘアはにやりとした。

「おやー? ミーのことを褒めてもいいんですよー」

「半人前を褒めたりはしない」

「ハッハー、扶桑人は照れ屋ねー」

何故か自慢げになっているオヘアを放置し、智子は「お昼ご飯に行こう」と言った。

皆で食堂へ。本日の昼食は白パンとオレンジのマーマレード。牛乳。西洋梨。また質素になったような気がするが、どうも戦乱を予期して供給をセーブしているらしい。いざ戦いとなったら、危険度の高いウィッチには優先的にいいものが支給されるはずである。

さっさと食べ終わり、智子は立ち上がろうとした。

「……ビューリングは？」

またいない。午前中もいなかったが、昼食にも顔を出していなかった。

「部屋にいるみたいです」

エルマが西洋梨を頬張りながら答えた。

「朝ご飯は食べたみたいですけど」

「……まったく！」

諦めていたつもりだったが、怒りがぶり返した。

だいたい少尉の自分が訓練指導まで引き受ける羽目になって一苦労なのだ。上司のエルマは当てにならないし、ハッキネンは第２８戦隊全部を見るから不可能。アホネンに頼むのはこっちから願い下げだ。

ここにビューリングがいれば負担も減るのにと、どうしても顔つきが険しくなる。

「中尉、指揮してください」

言われたエルマは反射的に「えっ」と言っていた。

「私が訓練を指導するんですか……？」

「ビューリングを探してとっちめます。やっててください」

「どうやりましょう……」

エルマはおろおろしたが、やがて半分に切られた西洋梨を差し出す。

「これ、ビューリングさんに持っていってください」

「はい？」

「お腹が減るといけませんから」

「……中尉が食べてください！」

智子は刀の鞘《さや》を握りしめると、あちこち探しはじめた。

まずビューリングの部屋を探る。いない。鍵《かぎ》は開いていたが無人だった。もし施錠されたままだったら扉ごとぶった切ったのにと智子は悔しがった。

次に食堂。いない。ブリーフィングルーム。いない。もしやと思ってトイレを探してもいなかった。

本格的にいないとなると脱走したのだろうか。それは重罪だ。こんな寒いのにどこへ逃げるのか知らないが、鬼より怖い人たちが軍用犬と一緒に追いかけるのである。もし捜索隊が結成されるのなら、ぜひ加わらせてもらわないと。犬に噛《か》まれるところが見たい。

あいにくそんな必要はなかった。ビューリングは宿舎の壁に寄りかかり、タバコを吹かしていたのだ。智子が発見したときは、ちょうど二本目に火を点《つ》けたところであった。

そのあまりに悠然とした態度に、智子の血液が沸騰した。

「ビューリング！　なにしてんのよ」

見つけたところは屋外だが、建物の陰でうまく風に吹かれないようにしている。智子は足取りも荒く近寄った。

「訓練よ、来なさい」

「私も訓練をしている。禁煙の」

「は？　吸ってんじゃない」

「まったく過酷な訓練だよ」

うまそうに紫煙を吐く。智子は奥歯をギリギリ鳴らした。

「ウィッチとしての訓練なのよ、分かる？」

「無駄だ。こんな田舎でなにができるというんだ？　智子もそう思ってるだろ」

「……うるさいわね。訓練はすんのよ。それと、私を名前で呼ぶのは止めて」

「それはどうも、智子」

聞くや否や、智子は扶桑刀の鯉口《こいくち》を切った。

銀色の刃《やいば》がきらめき、タバコの先数ミリだけを切断する。火の点いた先端は雪の上に落ちてじゅっと音を立てた。

ビューリングは動揺する様子を見せない。落ち着いてマッチを擦る。

タバコに火を点ける前に、智子が刀の切っ先を喉元《のどもと》に突きつけた。

「次、ふざけた真似をしたら喉を切るわよ」

「切ってくれるのか？」

「ええ」

「じゃ、やってくれ」

ビューリングは顎《あご》を上げ、喉元を見せつける。

「思いっきり頼む。どうせクソみたいな人生だ。せいせいする」

「は？　あんた自殺願望の狂人？」

「そうだな。戦争がはじまってから、とっくに狂っちまってるのさ」

もはや投げやりな台詞《せりふ》。彼女の視線は遠くにあった。ビューリングはまるで動じたところがなく、早くしろと言わんばかりだ。

さすがの智子も、はいそうですかと切るわけにはいかない。彼女は扶桑刀を鞘に戻した。

「だったら……だったら勝手にしなさい！」

そう言い放つ。

「訓練したくないなら、しなきゃいい。飛びたくないならそれでも構わないわ！　ええ、好きにすればいい！」

鞘を握りしめ、踵《きびす》を返す。

このブリタニア人は間違いなくクソ女だ。腕がどうだか知らないが、性格が最悪ときている。よくウィッチなんてやってられるな。国も人も最低だ。

頭の中が煮え立ったまま早足で歩いた。一刻も早くどこかに行きたかった。

前からエルマがやってくる。智子がなかなか戻らないので探しに来たのだろう。

「穴拭少尉、よかった……」

ほっとしている。そのためか智子の怒りに気づいていない。

「ビューリングさんいました？」

「知らない」

「え……？」

「私にはなんの関係もない」

「関係ないって……あ、そ、そうだ、報告することがあるんです！」

彼女は智子の様子などお構いなしに、早口で喋《しゃべ》り出した。

「訓練中にですね、ウルスラさんがロケット弾を持ちだして撃ったんですけど、なんか真後ろに飛んでハルカさんに当たりそうになって、びっくりしたハルカさんが逃げ回ったら私にぶつかって、二人で落っこちちゃって、オヘアさんも勝手に縄を解いて着陸しようとしたらやっぱり駄目で滑走路でひっくり返ったんです。救護班が駆けつけたんですけどウルスラさんの二発目が……」

惨状を耳にし、智子は顔を真っ赤にして口をぱくぱくさせる。エルマは慌てて続けた。

「あっ、でも大丈夫です。不発でしたから」

「……それで？」

「え、えーと、ストライカーユニットが壊れちゃったんで、数日は訓練できないなって……」

目の前が赤くなった。

せっかく多少はよくなってきたかと思っていたらこの有り様だ。こいつらは私の人生を邪魔するために生まれてきたのか。全身が嫌がらせでできているのか。

ビューリングだけじゃない。義勇独立飛行中隊とやらが、とんでもないクズでできている。こいつらに必要なのは拘束衣と鉄格子つきの部屋だ。監視もごついゴリラかサディストにやらせろ。人に母親役を押しつけやがって。

なにもかもがふざけている。

ついに限界を超えた。忍耐の蓋《ふた》が外れて遥《はる》か彼方《かなた》に飛んでいき、怒りだけが止めどなく溢《あふ》れ出した。

「もう知らない！」

智子は大声で喚《わめ》き散らした。

「こんな馬鹿な中隊も訓練もたくさんよ！　どいつもこいつも、どうなろうが私の知ったこっちゃないわ！」

揃いも揃って役立たずばかり。一瞬でもこんな連中を鍛えて戦果をあげようなんて思った自分が愚かだった。関わり合いになったら人生ろくなものじゃなくなる。疫病神が人の形をしているだけだ。絶対に、絶対にこいつらを助けてやるものか。

智子の剣幕に驚きつつ、エルマはなおも言う。

「え、え、これからの訓練は……」

「勝手にやってください」

智子はエルマの顔を見ることもしない。それでいてはっきりと口にした。

「私はもう面倒見ません。訓練したいなら自由にどうぞ。したくなければそれでもいいです。二度とこんな中隊には関わりませんから！」

唖然《あぜん》とするエルマ。

智子は無視して立ち去ろうとした。エルマは通り過ぎる前になにか言おうと口を開く。

耳をつんざくようなサイレン音が鳴り響く。皆、ぎょっとして立ち止まる。基地内に設置されたスピーカーが大音量でがなり立てた。

『スオムス政府より発表です。スオムス政府より発表です。さきほどネウロイ集団が国境線を越えたことが確認されました。ネウロイ航空部隊はヴィープリ市へ空襲をおこなっています。カレリア地方の皆さんは軍、警察の指示に従い、落ち着いて避難してください。繰り返します……』

国民用の布告をそのまま流しているのだろう。女性アナウンサーの声が終わると、今度は基地の士官が所定の場所への集合と外出禁止を告げる。

腹を立てていた智子も、エルマも、基地中の人間が思わず空を見た。

まだなにも飛んでいない。だが空気が明らかに違う。冷たさの中にある圧迫感。

ネウロイの侵攻がはじまったのだ。

その時。

第四章 4
LUKU
HILJAINEN NOIDAT
SUOMUSIN SOPEUTUMATTOMIEN LAIVUE

新たなネウロイ

智子《ともこ》はもう、訓練を主導しなかった。

ネウロイの侵攻でスオムスは交戦国の一員となった。腕利きを集めた第24戦隊はすでにインモラ基地、スール＝メリヨキ基地に展開し、さっそく戦果を挙げている。アホネンの第一中隊もいつでも出撃できるよう厳戒態勢だ。

第二中隊である義勇独立飛行中隊も、当然戦闘準備をおこなうことになった。だが本格的に戦闘投入できる段階とは言い難い。まだ不安は残っている。

壊れたストライカーユニットは、整備兵が魔法みたいな手腕で完璧《かんぺき》に直した。もとより整備に定評があるのと、エルマが頭を下げて頼み込んでいるらしい。

エルマは訓練を再開させようとしていた。だが智子にはまったくやる気がなかった。

彼女は朝起きては一人で食事をすませ、自らの九七式戦闘脚の整備を整備兵と共におこなう。それから出撃命令が来ないかと待ちわびつつ、格納庫《ハンガー》の中を行ったり来たりする。

たまに第24戦隊の戦果がラジオから流れてくるのでじれったそうに、足を踏み鳴らし、陽が暮れてしまうので一日を終える。この繰り返しだ。

義勇独立飛行中隊の他のウィッチたちとは会話をしない。一人でやっていくと決めた以上、馴《な》れ合いは不要だ。今の彼女に必要なのは実戦だった。

ある朝、とうとうその日がやってきた。第28戦隊も前線飛行場への移動が命令されたのである。

「よし、これで戦えるわ！」

智子は両手を打ち鳴らし、九七式戦闘脚を装着するとさっさと飛び上がった。

目的地はラッペーンランタである。扶桑人の智子には暗号としか思えない地名だが、第24戦隊の両基地の中間に存在する。今までのウッティ基地よりさらに貧弱な設備になることが予想されたが、それでも智子は上機嫌だった。

(ネウロイを片っ端から撃墜して、新聞の一面を飾ってやるわ！)

冬の冷たい空だが身体は熱い。鼻歌を歌いたくなってきた。

「穴拭《あなぶき》少尉」

声がする。エルマであった。いつの間にか智子の隣を飛行していた。

「なんです？」

「いいですか、あの、訓練なんですけど」

「勝手にやってていいですよ」

「編隊飛行のことなんです。前に、私とウルスラさんのやり方が似てるって言いましたよね」

「それが？」

「実はですね、スオムスの飛行技術ってカールスラントの影響が強いんです。前にマグヌッソンさんがカールスラントで学んできたんですよ。ウィッチの編隊って前までは三機一組だったんですけど、今はカールスラントと同じで二機編隊か、四機編隊で飛ぶようになってるんです。なんかウルスラさんの話って聞いたことあるって思っていたんですけど、当たり前ですよね」

　はにかみながら説明をするエルマ。

「で、私たちはもっと編隊飛行を徹底したらどうだろうって思うんです。ほら、やっぱりまだ上手じゃありませんから、単機は危険だと思うんです。前に穴拭少尉が言ってたみたいにですね、常に僚機の位置を確認しながら、間隔を思い切って空けたらどうかなって。ちゃんと視界に入るようにしながら、奇襲を受けたときいっぺんに墜《お》とされる危険がないように……」

「はあ。なるほど」

智子は気のない返事をした。

「でもそれ、初歩の初歩ですよ」

「分かってます。私たちはそんな初歩もできていなかったんです。ですから改めて訓練すればいいかなって」

エルマの表情は、なんだか輝いている。勉強中の子供が自力で答えにたどり着いたときの顔つきに似ていた。

智子は感心したものの、興味は引かれない。

「なら、やればいいですよ。私は一人で戦いますから」

「でも穴拭少尉がいた方が」

「ほっといてください」

智子は拒否し、口をつぐんだ。エルマは残念そうな表情を浮かべると、隣を離れた。

ラッペーンランタの基地が見えてくる。ウッティよりはずいぶん小さい。基地施設は相変わらずの木造だった。

着陸する。ここでアホネンの第一中隊と同居である。基地運用部隊はすでに到着しており、ウィッチたちのことを待っていた。

さて、自分の部屋でも確認するかと考えていたら警報が鳴った。

『ペテルブルグ方面よりヴィープリに向かう敵影あり。数、種類共に不明。ウィッチはただちに出撃せよ。繰り返す……』

智子は整備兵を呼び止めると、ストライカーユニットに足を突っ込んだ。

「出るわよ！　実弾持ってきて！」

機銃に弾を込めるよう指示する。基地はにわかに慌ただしくなり、関係ない人間は待避をはじめた。

隣ではエルマが慌てていた。

「じゃ、じゃあ私たちも……」

「ここにいてください！」

釘《くぎ》を刺す。どうせ邪魔になるだけだ。他人を気にせず自由に動きたいから、一緒に来られると足手まといになる。

智子は八九式機関銃を抱え、腰にぶら下げた備前長船を確認する。魔力を発動。頭にキツネの耳が生え、魔導エンジンが回り、魔法陣が生まれる。滑走路を進み、離陸した。

第一中隊はすでに飛んでいる。さすがはアホネンと部下たち。警報を聞いてからの初動が速い。智子はインカムで敵の状況を聞きながら、第一中隊の後ろについていった。

ヴィープリ市の上空を通過。豆粒みたいな人間が道路に出ている。どうやら手を振っているようだ。振り返したかったが、多分見えないだろう。

オラーシャ国境に向かって飛ぶ。前方がきらりと光った。それらは徐々に大きくなり、多数の飛行物体となった。

ネウロイだ。智子はぞくりとする。扶桑海事変以来、久しぶりに見る敵。形は様々だが、銀色で人の心を持たないところは同じ。

第一中隊がぱっと散開すると、ネウロイの編隊に突っ込んでいく。どちらからともなく発砲。火線が交錯し、冬空はあっという間に喧噪《けんそう》に満ちた。

智子はこの空戦に加わらず、高度をすっと上げた。

なるべく太陽を背にしながら下を見る。第一中隊が接敵したのは小型のネウロイ集団で、数は二十ほど。カナブンに三角形の翼をつけたような形をしており、しきりと機銃を連射していた。

ネウロイは攻撃手段として機銃と爆弾を持つ。一般的な武器と同じく命中すると爆圧と破片によって損害を与える。だが人間の武器とは違い、破片はすぐに消滅するのだ。これはネウロイそのものも同じで、撃破に成功すると、爆発しながら文字通り霧散してしまう。分析材料が残ることが大変少ないので、ネウロイ対策が立てづらい理由の一つとなっていた。

小型ネウロイは機銃のみを装備していた。どうやら制空戦闘を目的にしているらしい。混戦模様で、第一中隊のウィッチもしばしば後ろを取られていた。

ウィッチの一人が被弾する。身体が傾いたところに小型ネウロイが続けざまに攻撃しようとしていた。

そこに智子は襲いかかった。

真上から降下。小型ネウロイが気づくがすでに遅い、いかに旧式化しつつある九七式戦闘脚とはいえ、降下速度をプラスすれば逃げられたりはしない。

引き金を引く。七．七ミリ弾が、狙い違《たが》わず中央に吸い込まれた。

命中。一瞬炎が膨れあがったかと思うと、炸裂《さくれつ》して粉々になった。そのままかすれて消えていく。

「よし！」

声が出た。実戦の勘は鈍っていない。扶桑海事変での緊張感も急速に戻ってくる。

「……穴拭少尉、あなたが助けてくれたの⁉」

アホネンの声。部下を救ったのがそんなに珍しいのだろうか。智子は気にせずさらなる敵を求める。

もう一機。今度はこちらに背中を向けている機体。そのまま後ろから距離を詰める。敵が気づいた。ネウロイに目があるかどうかは知らないが、なんらかの手段で察知している。いきなり右に旋回をはじめた。

智子も同じく右に旋回した。ストライカーユニットを限界まで左に振り、進行方向を右にする。ネウロイは今度は左に旋回して回避しようとする。

「甘いわよ！」

旋回続きの格闘戦勝負なら自信がある。九七式戦闘脚に勝るストライカーユニットはない。右に左にうごめくネウロイをぴたりと捕らえて放さなかった。

機関銃を発射。甲高い射撃音が空に響く。曳光弾《えいこうだん》まじりの銃弾は、ネウロイに直撃した。

小型ネウロイがはじける。智子は最後まで見ずに踵《きびす》を返す。もっと敵を求めた。

全身の血が沸き立つ。この感覚だ。これこそが戦いだ。空は一人で十分。たった一人でも私はネウロイをこんなに撃墜できるんだ。

さらに三機を撃墜。合計で五機の小型ネウロイを墜《お》とした。智子一人でネウロイ編隊の四分の一を墜としたことになる。

残りは第一中隊が撃墜し、少数のネウロイが逃げていった。

智子は上機嫌で基地への帰途に就いた。あらかじめ連絡も入れておく。第28戦隊初の実戦は文句なしの勝利。今ごろお祭り騒ぎであろう。

「さすがね」

上機嫌の智子の隣に、アホネンが並ぶ。

「あなたのこと見誤っていました。扶桑のエースは伊達《だて》ではないのね」

「どういたしまして」

智子は自慢げに返事をする。

「もっと褒めてくれてもいいのよ」

やや挑発交じりに言ったのだが、アホネンはすぐに返事をした。

「部下を救ってくれてありがとう。感謝してるわ。初戦で死なせることがあったら、きっと耐えられなかったわね」

ちょっと驚く智子。

「……なんか素直ね」

「あら、腕のいいウィッチを賞賛するのは普通でしょう」

「じゃ、私もあんたの名前で笑いそうになったのを謝る」

「はい……？」

「気にしないで」

アホネンは渋い顔をした。

「……ところで、あなたの中隊のことなのだけれど」

「あー、あんたがハルカを気に入ってるって話？　欲しけりゃあげるわよ」

「そうじゃないの。エルマ中尉が、よくわたくしのところに相談に来てるの」

智子は空中で首を傾げた。

「どういうこと？　あんたたちとは仲が悪いんじゃなかった？」

「あのことは謝罪します。わたくしが傲慢《ごうまん》でした。そうではなくて、エルマ中尉が私に訓練のやり方を聞きに来ているの」

「なんで？」

「自分たちでやれるようにしたいからだと言ってたわね」

アホネンの答えに、智子はますます首を傾《かし》げる。エルマは多少中隊長らしいところがあるものの、訓練を指導することができるのだろうか。そもそも空戦になったら真っ先に逃げ出すタイプなのだ。

「教えたの？」

「それはまあ……」

言葉を濁しているが、教えたんだろうなと思った。

ラッペーンランタ基地が見えてくる。ちらほらと、グランドクルーの姿が見えた。

智子は景気づけに、基地の上空で宙返りをする。ネウロイ撃墜のサインである。

全部で五回。グランドクルーたちは唖然《あぜん》としていたがやがて歓声を上げる。整備兵たちも出てきて、帽子を振っていた。

綺麗《きれい》なアプローチを決めて滑走路に着陸。基地要員が総出で拍手してくれた。

「どうもありがとう、みんな」

智子は照れくさくなったものの、気分はとても晴れやかであった。

集団中からハッキネンが進み出る。さすがの彼女もほんの少しだけ高揚しているように感じられた。

「見事でした。さすがは扶桑海の巴御前《ともえごぜん》」

「それほどでもあるかしらね」

胸を張る。ふと、周囲を見回した。

「あいつらは？」

ハッキネンがわずかに眉《まゆ》を顰《ひそ》めたので、言い直す。

「義勇独立飛行中隊はどこです？」

「作戦司令室で、穴拭少尉の報告を聞いてました」

ということは、戦果を挙げたことも知っているのだろう。しばらく整備兵たちから握手を求められたり、歓喜の踊りの中に加わっていると、建物の陰からエルマが出てきた。

彼女は小走りに寄ってきた。

「聞きましたよ、ネウロイを五機も撃墜したんですね。おめでとうございます」

「どうも。なにしてたんですか」

「ずっと見てました。色んな人にお祝いを言われてましたから、邪魔しちゃ悪いなーって思ってて」

ひとけがなくなるまで待っていたのだろう。エルマの人のよさがうかがえる。

「みんなで穴拭少尉が無事に帰ってきますようにって祈っていたんです。ほっとしました」

屈託のない台詞《せりふ》に、智子はなんとなく顔を背けた。

「みんなってことは……ビューリングは？」

「今日もいなかったんです」

エルマはしょんぼりしたが、即座に気を取り直した。

「でも絶対どこかに……あっ、いたいた」

エルマが会話を中断して走る。

滑走路から離れたところで、タバコを咥《くわ》えた女性が立っていた。

ビューリングだ。智子が着陸するところを見物していたのだろうか。無愛想極まりないが、ここにいるだけでもかなり珍しい。

エルマが駆け寄る。しばらく話をしてから、戻ってきた。

「話があるみたいです」

「なんです？」

「ビューリングさんが穴拭少尉と話がしたいって言ってました。行ってください」

こっちに話はなかった。だいたいなんで今ごろ言ってくるのだ。

智子は無視して帰ろうとしたが、エルマが摑《つか》んで離さない。振りほどこうとしても「中尉だから私の方が偉いんです」などと言いはじめる。

根負けしてビューリングのもとに歩いた。

話をするのが億劫《おっくう》だったが、一応先に口を開いた。

「……なに」

ビューリングは咥えタバコだったが火は点《つ》けていなかった。タバコをポケットに戻しながら言う。

「ちょっといいか」

「よくない」

立ち去ろうとしたら、またエルマが摑む。

「話をするって言ったじゃないですか」

「してません。ここに来ただけで義務は果たしました」

エルマは智子の巫女《みこ》服の裾《すそ》を握りしめている。智子はなんとか手を外させようと奮闘した。

ビューリングはそんな二人を気にせず喋《しゃべ》る。

「智子の空戦を見ていた。ああ、直《じか》に見たわけじゃない。ハッキネン大尉に聞いた」

「あらそう。五機墜としたわよ」

「気になるんだ」

ビューリングの声はいつものような倦怠感《けんたいかん》交じりだったが、智子はつい聞き返す。

「なによ」

「空戦のことなんだが……」

「やめて。あんたに口出しされたくないから」

なにか喋ろうとしたビューリングを智子は遮る。

「私は戦果を挙げた。誰の助けも借りずにね。だからなにも言われたくない」

「聞くべきだ。ちょっと気になる」

「嫌。あんたこそ訓練やれば」

「智子が聞いてくれたら訓練に参加する」

智子は驚いた。ビューリングは嘘を言っているように見えない。隣のエルマも目を輝かせていた。

「穴拭少尉、聞きましょう」

「どうして中尉が口を出すんです」

「だってビューリングさんが参加するんですよ」

エルマの言葉に言葉を詰まらせる智子。一瞬、心の中にためらいが生じる。

そんな自身の気持ちと、エルマの手を振り払った。

「嫌ですよ」

「なんでですか」

「もう義勇独立飛行中隊がどうなろうと関係ないからです」

「そんな。みんなで一緒にやりましょう」

「断ります」

智子は背を向けて歩き出す。

これで義務は果たしただろう。あとはストライカーユニットの整備を手伝って次の出撃に備えよう。もっともっと撃墜して、武子《たけこ》に目に物見せてやるのだ。

エルマがなにか言っているがよく聞こえない。ビューリングと言葉を交わしているのだろうが関係ない。そっちはそっちでやっててくれ。

智子は心を閉ざした。ただひたすら、戦いのみに邁進《まいしん》するつもりだった。

「……ほら、行っちゃいました」

遠ざかる智子を見ながら、エルマはビューリングに言った。

「ビューリングさんがちゃんと説得しないからです」

「私のせいなのか？」

「だってビューリングさんはずっと訓練に参加してなかったじゃないですか。いきなり話をしたって無理ですよ」

当然だろうとエルマは思っていた。

ビューリングはしばらく黙る。どうやら今までの自らの行動を反芻《はんすう》しているらしく、ときおり目が左右に動いていた。

「……そうだな、分かった」

ビューリングはうなずいた。

「訓練をやろう」

「そうですか……ええっ⁉」

一瞬、エルマは自分の耳を疑った。ビューリングは渋い表情をしている。

「訓練をすると言ったんだ」

「い、いえ……まさかビューリングさんが言い出すなんて……」

「智子がどうにかなる前に、義勇独立飛行中隊全員が技量を上げる必要がある。だから参加する」

「どうにかってなんでしょう」

「どうにかだ」

動機はともあれ、ビューリングが参加する気になったことは間違いない。エルマは急いで他のウィッチたちを集めた。

滑走路に整列した智子以外の義勇独立飛行中隊を前に、エルマはやや声のトーンを上げた。

「私たちも穴拭少尉に負けないように、訓練を頑張ります。やり方はアホネンさんから聞きました。これからやります」

「それはいいけどねー……」

オヘアがちらりと自分の隣を見る。

「ビューリング、ユーも？」

「まあな」

ビューリングはいつものブリタニア空軍のフライトジャケットを着用していた。タバコは咥えていない。

「気が変わった」

「なんだか変な気分ねー。よくないことの前兆ねー」

「迷信だ。植民地人」

エルマの号令で、義勇独立飛行中隊はストライカーユニットを着用し、スオムスの空に飛び立つ。訓練はしばらくの間続いた。

＊　＊　＊

あの日以来、緊急出撃は続いた。

ネウロイの攻勢は徐々に強まっていき、地上と空から圧迫を加えてくる。すぐに第24戦隊だけでは手が足りなくなり、第28戦隊にもお鉢が回るようになった。

第一中隊は出撃を繰り返し、智子はそれ以上出撃した。ラッペーンランタからカレリア地方の要衝ヴィープリまでわずか五十キロ。飛び上がったらすぐそこだ。もちろんネウロイも狙っているから迎撃に大忙し。ヴィープリ上空では連日の激戦が繰り広げられていた。

智子は出撃命令をなにひとつとして拒否しなかった。ストライカーユニットが不調だろうとなんだろうと空に上がり、ネウロイに空中戦を挑む。アホネンの第一中隊を押しのけてまでスコアを稼ぎ続けた。

撃墜数は大幅に上昇する。十機、二十機、初日の五機撃墜などすぐ忘れられたくらいだ。開戦から三週間ほどたったある日、彼女はついに大記録を達成した。

「よし、やった！」

智子は思わず空中で拳《こぶし》を握りしめる。眼下には粉々に砕け散る銀色のネウロイ。今のでついに三十機の大台に達したのである。

機嫌をよくした彼女はさらにネウロイを探して飛び回り、さらに二機を撃墜する。通算で三十二機。敵がすっかりいなくなったカレリアの空で、智子は何度も宙返りをした。

ラッペーンランタの基地でもお祭り騒ぎだ。手空《てす》きのものが全員出てきて智子の着陸を歓迎し、担ぎ上げる。智子と九七式戦闘脚は担がれたまま運ばれていった。

「どうもありがとう、ありがとう」

上機嫌のまま自室へと戻る。ベッドに腰かけて、ようやく一息つけた。

鼻歌を歌いながら腰の備前長船を外し、なんの気なしに鏡を見る。

ぎょっとした。目の下に隈《くま》ができている。真っ黒でかなり目立つ。頬もなんだかこけたみたいだ。機嫌だけはいいものだから、ちょっと不気味だ。

原因は自分でも知っている。一日の休みもなしに出撃しているためだ。連日どころか日に二回は当たり前。三回四回もしょっちゅうだった。どこかに負担はかかる。

隈ができただけではなく、身体の節々も痛い。無理していることは知っているが、やめるのは論外だ。負担をカバーするつもりで飛べばいいとすら思っている。これも勲章だ。

しばらく自室で目をつぶってから、基地の食堂へと向かった。

ラッペーンランタ基地の食堂はウィッチ専用で、特別の用がない限り一般兵士、士官の立ち入りは制限されている。食事も別メニューが用意されていて、ウィッチはそれほど特別なのである。

途中でリベリオンからの新聞を拝借し、食堂の扉を開ける。

中はがらんとしていて誰もいなかった。さすがに驚いて、たまたま通りかかった兵卒に訊《き》く。

「ああ、半休になりましたから、ウィッチの皆さんは市内に出かけましたよ」

年若い兵卒はそう教えてくれた。

言われてみれば、半休と共に外出許可が出たとの放送を聴いた気がする。自室で鏡を見ていて忘れていた。

兵卒は「そろそろバスが出ますから、乗り遅れない方が」と言ってくれた。智子はしばらくためらったのち、基地の正門へと向かう。

バスには義勇独立飛行中隊の皆が乗っていた。アホネンの第一中隊は昨日休みだったので留守番。智子は一番前の、離れたところに座った。

智子を乗せてすぐにバスは出発した。

それほど離れた場所に連れて行くわけではない。なにかあったらすぐに戻る必要があるからだ。サイマー湖畔にある停留所で降ろされた。

ラッペーンランタは歴史のある町だ。かつてサイマー湖で捕れる海産物は全てここを経由したのである。世代を経た建物は年季が入っており、すぐに取り壊したりせず様々な形で活用されている。

「近くにスオムス軍御用達《ごようたし》の店がありますよ」

エルマがきょろきょろしながら言う。

「このあたりのはずなんですけど……」

彼女自身もラッペーンランタははじめてなので、よく知らないようだ。しばらくうろうろしたあと、ハルカが言った。

「あの人たちに訊いてみましょう」

通りかかった子連れにハルカは近づくと、にこやかな顔で言った。

「オーレン、ムルハァアヤ」

子連れの母親がびくっとする。信じられないような目つきになった。なおもハルカは続ける。

「オーレン、ムルハァアヤ。アラ、バシュトゥスタ」

一人で別のところに行こうと思っていた智子だが、慌ててハルカを引っ張った。

「ちょっと、なにしてんのあんたは！」

「え？　お店を訊《たず》ねただけですけど……」

「意味が違う」

とビューリング。

「今のは『私は殺人鬼です。抵抗しないでください』と言ったんだ」

「そうだったんですか⁉」

「にこにこしながらそんなこと言われてみろ。腰を抜かすぞ」

驚くハルカ。どこかの兵にわざと教えられたのだろう。教えた側も、まさかこんなところで使うとは思ってなかったはずだ。

子供は母親と共にとっくにいなくなっていた。結局エルマが訊ねることにして、無事小さなパブまでたどり着いた。

簡素なドアを開けて入る。行きがかり上、智子も一緒だった。

薄暗い店内はそれほど混んでいなかった。軍服を着たグループが一組いるだけだ。丸いテーブルに全員で腰かける。

「今日は私のおごりです」

エルマが宣言する。ぱちぱちと、軽い拍手が起こった。

「また明日から頑張りましょう」

ハルカがため息をついた。

「頑張ると言っても、どこまでやればいいんでしょう……」

「できるまでです。決まってるじゃないですか」

とエルマ。最近の彼女は皆を鼓舞する側に回ることが多い。

「絶対にできます」

「……だといいですけど」

これはウルスラだ。彼女は本を持ち込んでおり、早くも表紙を開いていた。

「私たちはいらん子です。何故いらなかったかというと、できないからです」

「そうですけど……」

「できない子たちができるようになる。簡単なようで一番難しいのです」

もっともな意見なので、全員のテンションが少し落ちた。

最近の義勇独立飛行中隊は訓練を繰り返している。だが技量に目立った向上は見られない。他人の倍以上の時間がかかっていることは明らかであった。

エルマが重くなりそうな空気を振り払うように言う。

「訓練は嘘をつきません。きっと大丈夫です」

そして手をぎゅっと握りしめた。

「ワオ、エルマは前向きねー」

オヘアが感心した。

「でも、ミーもよくサッチ大尉に言われたねー。訓練は嘘をつかないって。よく分からなかったけど、なんだか理解できるようになってきたねー」

彼女は木の椅子に座り直す。

「ミーはずっと足を引っ張るだけだけど、ここにいるとなんだか諦《あきら》める気になれないねー。みんなと訓練していればできるような……きっと居心地がいいおかげねー」

「……それは私も感じます」

珍しいことにウルスラが同意する。

「いらん子でも居場所は必要です。ずっと探していた居場所が、ここだったのでしょう」

「オー、ウルスラはカールスラント人なのに話が分かるねー」

オヘアがウルスラの背中を何度も叩《たた》く。ウルスラは「やめてください」と言いながら遠ざかった。

すると、ショットグラスに注がれたヤロヴィーナとコスケンコルヴァが運ばれてくる。

どちらもスオムスの酒だ。

エルマはきょとんとする。

「まだ頼んでませんけど……」

「あっちの人たちのおごりだよ」

運んできた中年男性が後ろ手に指さす。陸軍の制服を着た兵士が、グラスを掲げていた。

「あんたらウィッチだろ」

とその兵士は言った。

「俺たちはこないだまで前線にいたんだよ。開戦してからずっとさ。もう馬鹿みたいにしんどくてさ、寒いし腹は減るしネウロイは多いしでやんなってたんだ。でまあ、ヤケクソになって雪の上で寝っ転がってたらさあ、そこにもネウロイが飛んでて」

兵士は手を広げ顔の前で滑空させた。

「もう駄目だと思ったら、西の方から、こう、すーっとウィッチが飛んできたんだよ。そんで、くるっと回ったらあっという間に墜《お》としちまった。一機や二機じゃなかった。片っ端からだ。いやもう、見惚《みほ》れたね。俺だけじゃなくてあたりにいた連中全員お口あんぐりよ。いくらもしねえうちに、空から綺麗《きれい》さっぱりネウロイがいなくなった。ウィッチは俺たちに頑張れっていわんばかりに宙返りしてさあ、みんなで拍手したなあ」

兵の顔は上気している。心の底から喜んでいることが見て取れた。

「あのウィッチがあんたらかどうか分かんねえけど、おかげで俺たちは生き延びたんだ。気にせず飲んでくれ」

そう言い、兵はまたグラスを掲げた。

エルマは納得すると向き直る。満面の笑みだった。

「えへへ……なんか照れちゃいますね」

「私たちではないぞ」

ビューリングが言うが、エルマはそれでも笑みを崩さない。

「分かってます。でもやっぱり訓練は絶対に無駄にならないってことです。ああいう人たちを一杯助けられます。また頑張りましょう」

今度はチーズが運ばれてきた。これは店のおごりらしい。

おかげでエルマが財布を開けることもなくなった。銘々自由に飲みはじめる。

一般的にウィッチの飲酒はその国の法に従うことが慣例となっている。なので十六歳から飲める国もある。だが「世界を救ってくれるのだから、ある程度は好きにやらせてあげるべき」との意見も根強く、飲酒可能年齢に達しなくても大目に見られることが多かった。

スオムスの飲酒可能年齢は十八からで、ウィッチといえど大っぴらに飲むことは好ましくない。なのでこのような軍に理解のある店を使うことが推奨されていた。

智子はコスケンコルヴァの入ったグラスを持つと、しみじみと眺めた。

透明で濁りがない。聞くところによるとスオムス産のウォトカであり、大麦を原料にしているとのこと。

グラスに口をつけると、舌で味わうことをせず一気に飲み干した。

ガラスのような見た目とは裏腹に焼けるようで、口から喉《のど》を過ぎて胃に収まるまで、身体が体内から燃えているようであった。

我慢してもう一杯手を出す。今度は口の中に残し、クリアでどこか尖《とが》った味を堪能することができた。

アルコールの作用か、身体が温まってきた。なるほど、これだけ寒い日が続くとなると、こういうのも必要になってくる。智子は妙に納得した。

隣のビューリングは十八なので気にせず酒をがばがば飲んでいた。ヤロヴィーナもコスケンコルヴァも強い酒なのだが、平気な顔をしている。オヘアも酒に強いらしく、ショットグラスの中身を片っ端から胃に収めている。ゲームをするように、一杯飲んだらグラスを逆さにしてテーブルに並べていた。

「ヘイ、みんなー！」

気が大きくなったのか、オヘアが言った。

「どう、この国の戦いはー？」

「どうもこうも、私たちはまだ実戦参加していません」

ウルスラが答える。彼女は酒を飲まず水だけを口にしていた。

「オー、そうだったねー」

オヘアがけらけら笑う。

「こないだミーのところに手紙が届いたねー。サッチ大尉からねー」

「上官の方ですか?」

エルマが訊く。彼女も酒は飲まずにコケモモのジュースを口にしていた。地元の人間は、冬場にこれをホットで飲む。

「ミーがリベリオンにいたときの隊長ね。こないだ手紙書いたから返事くれたねー。事故の再調査がはじまったって書いてあったねー。ミーのせいじゃないかもしれないねー」

「最近のオヘアさんは、普通に着陸できるようになってました」

「運が巡ってきたねー」

できるのが当然だろうと智子は思うものの、よくなっているのならいいことであった。

「私にも手紙が来てました」

ハルカが話に加わった。彼女は最初のひとくちだけで酒を止め、あとはブルーベリージュースにしていた。

「学校の同期からです。みんな私の活躍を期待しているはずです」

「はず……?」

ウルスラが首を傾げる。ハルカは続けた。

「智子少尉のことばかり書いてあったんです。活躍を教えて欲しいとか、髪の毛を拾って送って欲しいとか、写真を撮れとかそんなのです」

「ハルカのことは……?」

「味方を撃つなって注意されました」

ハルカは特に落ち込むこともなく、むしろ自慢げに話している。

「でも智子少尉は素敵な方ですから仕方ないですよね。スオムスでの智子少尉のことは、写真ではなくて私がちゃんと記憶しておこうと思います。そうすればみんな羨《うらや》ましがりますから」

テーブルにいた全員が、ハルカの自慢話に付き合わされるウィッチのことを想像し、そっと同情した。

ウルスラも手紙を貰《もら》っていたらしい。双子の姉からとのこと。エルマは親戚《しんせき》から山のように貰い「会ったことのない人の名前もありました」と言っていた。

故郷からの手紙は戦い続きの兵士たちにとってなによりの清涼剤だ。軍隊は閉鎖空間である。長時間行動を共にしていると摩擦や軋轢《あつれき》は避けられない。それらを防ぐために、手紙は有効な方策であると言われていた。

智子のもとには来ていなかった。というより、取りに行っていないのである。今の彼女の興味は、撃墜することだけだ。

話に加わらず、なんとなく持ったままになっていたリベリオンの新聞を広げた。ネウロイ攻撃に対抗するためか、あるいは世論を煽《あお》るためか、勇ましい文字が躍っていた。

一面全てを使い、世界中の対ネウロイ戦果と情勢が載せられている。カールスラント方面での戦闘状況も特集されていて、智子の目は自然と吸い寄せられた。

東洋からの〝魔女〟大活躍　赫々《かっかく》たる戦果

【ミュンヘン　シーモア特派員】

カールスラント宣伝省は十八日、カールスラント南部ミュンヘンにおよそ百二十機のネウロイ戦爆連合が出現、義勇航空隊がこれを撃退したと発表した。

義勇航空隊は開戦以来の激戦により弱体化したカールスラント空軍を補うため、主にリベリオン合衆国、ブリタニア連合王国、扶桑皇国のウィッチによって編成された部隊。中でも加藤《かとう》武子中尉率いる部隊は、戦果の七割に当たる二十数機を撃墜した。加藤中尉は個人でも四機を撃墜し、カールスラント空軍総司令部は鉄十字章の授与を決定している。


隣には武子の写真が載せられていた。扶桑から電送されたものなのか、粒子が粗くどこか若い。扶桑海事変より前のものだ。

智子は新聞を閉じると、テーブルに放り投げた。

がっかりして力が抜ける。武子の撃墜数は四機だ。自分は初日に五機。なのに相手は新聞に載って外国にまで報じられ、あげく知らないうちに昇進までしている。

こっちはどこを探しても載っていない。スオムス国内での戦いなど諸外国の目を引かないのだ。いくら戦おうと、そもそも武子のところにまで届いていない。向こうの戦いぶりは嫌でも目につくというのに。

やはりもっと活躍しなければ駄目だ。ちょろちょろした小型のネウロイだけではなく、中型や、いっそ大型を墜とすくらいじゃないと。

ふと、ビューリングの視線がこちらに向けられていることに気がついた。

「……手紙はないのか」

「ないわよ」

智子は返事をした。

「あんたの手紙は？」

「ない。孤高のウィッチには手紙を送らないのがむしろ礼儀だ。本国はそれが分かっている」

「ものは言い様ね」

返事をしてから、だったらなんで話しかけたんだこいつはと思った。ちょっと機嫌が悪いので、世間話ならごめんである。

「ちょっといいか」

ビューリングはうながす。ここを出ようという合図だ。

「なによ」

「いいから」

パブではまずいことでもあるのだろう。他の面子《メンツ》は手紙の内容や好きな食べ物、飲み物などの話でこちらに注意を払っていない。

一瞬考えた後、店の廊下に出た。

二人は店の裏手に移動する。湖畔沿いに建てられているので波の音がしていた。立ち話を打ち消すのにちょうどいい。

ビューリングの顔は真剣だったが、智子は胡散臭《うさんくさ》さが抜けない。共に向かい合う形になった。

「聞いてくれ」

とビューリング。智子はうんざりした。

「また？　どうせブリタニアのつまんない冗談でも聞かせるんでしょ」

「違う。そんなことはしない」

「じゃ、やろうっての。別にいいわよ。刀であんたをぶった切ればいいのね」

「私の話だ」

ビューリングの口調にふざけたところはない。智子は柄《つか》を握ろうとして止めたものの、まだ不審に思う気持ちは解かなかった。

「どんな話？　あんたの馬鹿な自慢ならごめんよ」

「そうじゃない。ずっと、智子の空戦記録をチェックしてるんだが」

「うわっ、気持ち悪い。つきまとうつもり？」

「聞け。お前はこのままじゃ死ぬぞ」

簡潔で、ふざけたところのない台詞《せりふ》。智子は戸惑った。

「……なによ、藪《やぶ》から棒に」

「戦い方が危ない。いつも一人だろう。いつか絶対に撃墜される」

「馬鹿言わないで。なんであんたにそんなこと言われなきゃならないのよ」

「私には分かる。最近の智子は目の下が真っ黒で生気がない。体重も絶対に減少してる。なのに目だけがぎらぎらしてるんだ」

「だから？　ネウロイ墜《お》としてるんだから問題ないでしょうが」

智子は腰に手をやる。やはりケチをつけてきた。この女は他人の足を引っ張ることに余念がないと見える。

しかしビューリングは止めなかった。

「そういう状態が一番危ない」

「あんたに分かるの？」

「私も同じだったんだ！」

ビューリングの声が大きくなった。

日頃の彼女からは絶対に出ない声だ。皮肉っぽくて厭世的《えんせいてき》で、世の中を斜めに見ているとしか思えないウィッチが、こんなことを言うとは。

智子は驚き、言葉が出てこない。

ビューリングは声のトーンを落とした。

「私には同僚のウィッチがいた」

「……別におかしなことじゃないわ」

「仲がよかった。訓練も一緒に受けた友人だ。あるとき私たちに本国から大陸への派遣命令が来たんだ。智子は前に私がどこにいるか聞いただろう」

最初の訓練で墜落したときのことだ。智子はぼんやりとやりとりを覚えていた。

「あー……国際ネウロイ……なんだっけ」

「国際ネウロイ監視航空団だ。私はそこにいた。そこではじめて、実戦を経験したんだ」

ビューリングはゆっくりと語り出した。

あの日、あの妙に空が青かった日からはじまったできごと。国際ネウロイ監視航空団という名を考えた輩《やから》に災いあれ。あれは監視などというものではない。戦闘だった。

オストマルク、ニーレジハーザの東百キロ。ほとんどダキア領内。ビューリングはここに同僚といた。

ビューリングが着任したときはカールスラント、オストマルク、ロマーニャなどからウィッチが派遣されていた。だからビューリングも一種の親睦会《しんぼくかい》かと思ったほどだ。確かに初期のうちは監視であり、第一次ネウロイ大戦終了後に結成された理由は「また出てくるかも知れないから見張りましょう」程度にすぎない。初期の初期には牧歌的な雰囲気すらあったという。

だがここで出会った彼女たちは違っていた。一様に厳しい顔をしていたのだ。そして武者震いをし、荒い息を吐いていた。

数日前から戦闘ははじまっていた。

挨拶《あいさつ》も早々にビューリングたちはさらに前線へと運ばれた。輸送機は燃料事情など知るかとばかりにかっ飛ばし、ウィッチたちを配達される新聞みたいに放り出した。牧草地に作られた飛行場からはひっきりなしに戦闘機が離陸し、ようやく全部飛んだと思ったら今度は火を噴きながら帰還してきて、着陸し損なって横転爆発した。救助しようかと思っていると、煤《すす》だらけの空軍士官がやってきてそんなことはいいから飛べと言われた。ウィッチが足りない、すぐに出撃してくれ。

牧草地の向こう側から砲声がする。一回二回ではなく、連続した砲撃だ。見ると豆戦車が土煙を上げて走っていく。彼女はすぐ近くで戦闘が行われていることを知った。

こんな情報も知らせず、出発に待ったをかけなかった上層部をビューリングは恨んだ。あまりに腹を立てたからか、ロマーニャのウィッチは同情してくれた。気持ちは分かるけど、世の中こんなものよ。あたしたちはいつだって貧乏くじを引くの。背が低くてそばかすだらけの彼女は、すでに本国に帰還しているはずだった。

同僚と共にハリケーンを装着して空に上がった。ダキアの領内は爆炎と砲声で一杯。どこもかしこも煮え立っているような大混乱だ。戦車と歩兵部隊は撃ちまくっては跳ね返され、ネウロイの下敷きになっている。

目の前で戦闘機が落ちた。一機だけではない。四機まとめて火の玉となった。雲の向こう側から出現したネウロイは予想よりずっと大きくて、ずっと強力だった。銃弾をばらまくたびに通常の戦闘機はなすすべもなく火を噴いた。ビューリングはわけも分からずシールドを張り、それが功を奏したか無傷だった。同僚はもう少し気が利いていて、ときおり機銃を発砲していた。

ビューリングも勇気を出し、同じように銀色に輝くネウロイへ攻撃する。だが相手は平然としていた。平然としたまま死を振りまいていた。あまりに遠方から発砲したので届いておらず、墜とせないのも当然だと気づいたのはずっとあとのことだ。

これが初の実戦だった。戦果は当然ゼロ。なにをすべきかさっぱり分からなかった。

それから数日間は寝る暇もなかった。ネウロイは後から後から押し寄せ、味方は次々に呑《の》まれていった。どこでなにが戦っているのかまるで不明。通信だけは津波のようにやってくるが、どれもこれも支離滅裂なのだ。北も南も東もネウロイで、低空を雲が覆ったかと思うと町が一つ消えてしまう。雲の隙間からはかろうじて、地上を我が物顔に走り回る昆虫みたいなネウロイが見えていた。空も似たようなものだ。大きなネウロイと中くらいのネウロイと小さいネウロイ。どれもこれも見たことのない形。到着前に渡された敵の分類表なんてまるで役に立たない。ネウロイの大攻勢が扶桑海事変やヒスパニアの戦いを遠くに追いやっていた。ときおり地上から対空砲火が放たれるが、毛ほどの傷もつけられない。そして爆撃によって沈黙させられていく。

たった数日なのに数え切れない出撃をおこなった。当初の飛行場はすでに存在せず、オストマルク領内にある国道から離陸していた。無線からは悲鳴のような救援要請と遮二無二の攻撃命令。南東から信じられない数のネウロイが接近している。食い止めねばオストマルクは地図から消える。そのためにはウィッチが必要だ。ビューリングと同僚は急いで離陸し、同時に国道はネウロイの火線にとらえられ、あっという間に焼け焦げていった。

空中も大混乱。怒声と排煙が入り混じって航空機が乱舞する。地上の管制システムが壊滅したのでその場で対処するしかない。適当に編隊が組まれて一番年かさのものが臨時の隊長にならされた。

右手側からあのロマーニャウィッチが全速力で飛んでいく。ろくな整備もできない魔導エンジンは薄い煙を吹いている。その周囲を護衛する通常の戦闘機。ウィッチを戦闘機で守るとは。だがそうしないと貴重なウィッチが撃墜されるのだ。小さいのは戦闘機が刺し違える。どんなことをしてもウィッチには大きいのを墜としてもらう。

前方に銀色の雲が出現する。あれ全部がネウロイだ。そこにロマーニャのウィッチと戦闘機編隊が突入する。戦闘機は楯《たて》となりばたばた落ちていく。ウィッチは目もくれず、武器を乱射しながら雲の中に消えていく。

ビューリングは絶叫した。

狂気に囚《とら》われていた。絶望的な状況が興奮を呼び覚まし、小胆を粉々にして狂気へと変換していた。血走った瞳《ひとみ》は前を見つめ、口の端から涎《よだれ》が垂れて後ろにたなびく。横の同僚も似たようなもの。どちらも雄叫《おたけ》びを上げ、真っ正面に飛んでいく。ただひたすらに、ネウロイを倒すことだけを目的にして。

「そうやって、私とあいつは戦ったんだ……」

ビューリングは淡々とした中に、わずかな感情を滲《にじ》ませながら話していた。

「もうなにも分からなかった。ただただ、ネウロイを倒すことしか頭になかった。あれからも、ずっと出撃を繰り返したよ」

「………」

「不思議なことに疲れも感じない。とにかく墜とせばいいんだってことしか思い浮かばなかった。だけど、それが一番危険なんだ」

ビューリングは手のタバコに火を点《つ》けない。吸うことを忘れたかのようであった。

「私とあいつは戦って、戦って、戦って……ついにはネウロイのまっただ中に取り残されたんだ」

撤退命令が耳に入らなかった二人は、ネウロイ航空集団の中に孤立した。周囲全ては敵であり、カモ同然のウィッチに襲いかかってきた。シールドで防ぎ、必死に反撃するものの、まもなく弾が尽きた。

「私はネウロイの攻撃に晒《さら》されて死を覚悟した。そのとき、あいつが射線に割り込んで来たんだ……。あいつは攻撃を身体に浴びて、そして……」

オストマルクの大地に墜ちていった。

直後、味方が駆けつけてきたおかげでビューリングは九死に一生を得た。だが同僚は助からなかった。地上部隊が発見したときは、すでに息絶えていたという。

「私のハリケーンは、あいつが使っていたものだ」

大きく息を吐き、ビューリングは続けた。

「贖罪《しょくざい》みたいなものだ。あいつのハリケーンで戦い続ける。いつかは墜とされるだろうが、それでよかった。私はこのスオムスに死にに来たんだ」

智子の顔が一瞬強張《こわば》った。

以前、彼女に切っ先を突きつけたとき、「やってくれ」と言っていた。あれは挑発ではなく本気だったのだ。

ビューリングの厭世的な態度の裏に、そんなできごとがあったなんて。

彼女は背中に、あらゆるものを背負っているのだ。

智子は頭を振る。顔の強張りが元に戻る。

「で？　過去を告白したら私が泣いて許しを請うとか思ってんの？　大きな間違いよ」

「そうじゃない。智子には私と同じようになって欲しくないんだ」

彼女は意外なことを告げた。

「智子の戦い方は危険すぎる。あれではいつかネウロイに墜とされる」

「私は死なないわ。ネウロイをいくらだって墜としてみせる」

「危ない。周りが見えなくなっている。どうしても戦いたいのなら……」

ビューリングはいったん言葉を切った。

「皆を信頼すべきだ」

智子は目をしばたたかせた。

「誰のこと？　うちの中隊？」

「そうだ。一人で戦うより二人、二人よりも中隊全員だ」

「私は一人で戦えてるわよ」

「小型は十分だが、大きいのは無理だ。義勇独立飛行中隊を信頼して、皆で戦うんだ」

智子は自分への忠告よりも、ビューリングが口にしたこと自体に意外さを感じていた。

「あんたひねくれ者の一匹狼でしょ。どうしてそんなこと言うようになったの」

「私はここに死にに来た。それは変わらない」

　かすかに笑う。

「義勇独立飛行中隊は悪い中隊じゃない。オヘアも海軍だけあって航法は抜群、ウルスラもアイディアは無尽蔵だ。ハルカもあんな性格だが、あれは伸びるぞ」

　彼女はタバコをくわえ直す。やはり火は点けていない。

「エルマは粘り強い。私がどれだけ断っても諦《あきら》めないし、話しているうちにその気になった。努力家で忍耐心もある。なにより全員の技量を上げようとしている。今は未熟でも、ああいう人間の下にいればいずれ強くなる」

「…………」

「問題はもう戦争がはじまったことだ。上も義勇独立飛行中隊の技量向上を待ってくれないだろう。なんとかしないと戦果を挙げられないし、下手をしたら全員が死ぬ。だけど、智子がいればそうはならない」

「私がいても変わらないわよ。ずっとそうだった」

「いいや、智子ならエルマの足りないところを全て補える」

「……あんたがやれば」

「私にはできない。器じゃないんだ。でも、智子は違う」

思わず智子は目をそらす。ビューリングはなおも言い続ける。

「皆は智子をサポートできるし、智子も皆をサポートできる。勝ちたいのなら、力を借りるべきだ」

ビューリングの台詞《せりふ》に嘘は感じられない。それが余計に、智子を苛立《いらだ》たせた。

「なんでそんなことを？　私は散々あんたに訓練に参加しろって言ったじゃない！　なのに説教すんの？　何様のつもり？」

「……ああ、そうだ。私が馬鹿だった。すまなかった」

ビューリングは扶桑人のように頭を下げた。

「智子を見ていると過去の自分が甦《よみがえ》る。やめてくれ」

智子は言葉を詰まらせた。

あのひねくれ者が謝罪するなんて。電気ショックでも受けて人格が変わったのか。それとも義勇独立飛行中隊に愛着が湧いたのか。出会ってからのビューリングとは想像もつかない。

今の彼女は智子の身を案じる一人のウィッチだった。

智子の心にわずかな情が湧く。親愛や、仲間意識のようなもの。目の前のブリタニア人。そして義勇独立飛行中隊の面々。

だが彼女は、強く目をつむって追い出した。

「だからなんだってのよ」

荒い口調で言った。

「あんたがどう思おうと知ったこっちゃないわ。私はいらん子中隊なんかどうなったっていいの。私の戦果の邪魔をしなけりゃね！」

「智子……」

「馴《な》れ合いたきゃ勝手にどうぞ。でももう、私のことはほっといて」

背を向け、足早に去って行く。自分一人で基地まで帰るつもりだった。

智子はかつてのビューリングみたいな態度を取っていた。

＊　　＊　　＊

智子は翌日からさらに頑《かたく》なになり、出撃を繰り返していた。

スオムス上空で敵に困ることはない。地上型ネウロイの侵攻に合わせて、空にも大量に飛んでくる。智子は己の体力や精神力を削りに削って、全てを空戦へと注ぎ込んでいた。

撃墜スコアは四十機を超えた。それでも彼女は水を求める野良犬のように、ネウロイを探し、墜《お》とし続けた。

「穴拭少尉」

出撃前の格納庫《ハンガー》で声をかけてきたのはハッキネン大尉だった。智子は背筋を伸ばした。

「なんでしょう」

「近頃の戦闘は見事なものです。私も第２８戦隊の指揮官として誇らしく思っています」

「それはどうも」

「ですがそろそろ、休暇を取りませんか」

ありがとうございます、との言葉を飲み込む。智子は別のことを口にした。

「どうしてです。ウィッチが休めるほどスオムスは安全になっていないでしょう」

国境の町テリヨキはとっくに陥落し、ヴォクシ川に敷かれた防衛線によっての戦闘に移行している。カレリア地方西部のスンマ地区では前線を突破しようとするネウロイと陸軍の間で激戦が繰り広げられていた。

第２４戦隊も連日インモラ基地とスール＝メリヨキ基地から出撃している。ラッペーンランタの第２８戦隊も第一中隊が始終離陸していた。

義勇独立飛行中隊は智子のみが出撃している。中隊長のエルマがいまだ出撃状態にあらずとして、先延ばしにしているためだ。命令拒否などではなく、エルマは出撃の可否をハッキネンと話し合う際、きちんと筋道立てて説明しているらしい。

本来は智子自身も従うべきなのだが、彼女は無視していた。そして戦果を挙げ続けているため、独自の出撃も暗黙の内に了承されがちであった。

なのでハッキネンの休めとの言葉にも、反発が先に来た。

「ウィッチが戦わなければ負けます」

ハッキネンはあくまで静かに、智子に告げていた。

「いくらウィッチでも限界はあります。見るからに疲労の色が濃いですよ」

「気になりません」

ビューリングみたいなことを言われただけに、余計腹が立つ。言われれば言われるほど、出撃する気になってきた。

ため息や困惑の表情をハッキネンは浮かべることがない。淡々と説明を続けた。

「そろそろ義勇独立飛行中隊も出撃ができるようになるでしょう。一緒に飛べるときまで、休んでもいいのでは？」

「私は一人の時がもっとも戦果を挙げられます」

はっきりと拒絶をする。もう何度も繰り返されたできごとだった。

ハッキネンは話を変えた。

「所用でヘルシンキに向かいます。扶桑大使館付きの武官にも会う予定ですが、なにか伝えることはありますか？」

「いいえ」

「そうですか、早く帰国したいと言うのかと思いました」

実は少しだけ考えていた。だがやはり敵を墜として自らの正しさを証明するのが先だ。今は帰国のことは胸の奥にしまっておく。

ハッキネンは格納庫《ハンガー》から去る。智子は急いでストライカーユニットを装着した。アホネンの第一中隊はとっくに飛び立っており、義勇独立飛行中隊すら訓練飛行をはじめている。置き去りにされていた。

離陸すると、いつもより速度を上げて戦闘空域に向かう。クオレマヤルヴィ付近で地上軍が飛行するネウロイを目撃した。至急迎撃しろとの命令だった。

飛ばしたおかげで第一中隊に追いついた。最後尾を飛ぶウィッチと、白と青に塗られたストライカーユニット、D21がよく見えた。その向こうにはヴィープリに飛んでいこうとするネウロイ。

「……？」

智子は目を凝らした。

ネウロイは一機しか飛んでいない。だがその一機が妙なのだ。航空機のような翼を持ち、二本のはりが後方に伸びている。航空力学を無視しているのか則っているのかはよく分からない。

だが形よりも目を引くものがある。まずは大きさ。結構なサイズだ。空中で比較対象物がないから正確なところは不明だが、今までの小型ネウロイではなく中型ネウロイ。さすがに扶桑海事変で遭遇した大型ネウロイ『山』ほどではないが、中型でも大きな方に属していた。

そして問題は、その色だ。

「黒……？」

智子は思わず呟《つぶや》いた。色が黒いのだ。ネウロイといったら銀色であり、彼女が扶桑海事変で戦ったころから変わっていない。現にスオムスにも銀色の小さなネウロイが飛び回っている。

だがこのネウロイは黒かった。『山』も黒っぽかったが、こっちは暗黒と言っていい。まるで大空に開いた裂け目のようで、丸ごと飲み込まれるような暗黒だ。ところどころに六角形からなる赤いマークをつけていて、操縦席のような印象を与えていた。

あきらかにこれまでとは違う雰囲気を纏《まと》っていた。黒いネウロイは悠然と飛行している。

ウィッチたちが見えていないようでもあった。

第一中隊のウィッチたちもなにも言わない。これまでとはまったく違う敵の出現に、戸惑っているかのようであった。

雑音ののち、アホネンの声がインカムに流れる。

「目標捕捉《ほそく》」

声がかなり硬い。やはり彼女も今までにない緊張に見舞われているのだ。

「周囲を飛行し、他にネウロイの姿がなければ攻撃します」

第一中隊は黒いネウロイを視界に収めつつあたりを飛行した。

小型のネウロイはいない。単機で飛行している。アホネンは確認してから、黒いネウロイの後方上空に占位すると、手を二度振った。

「攻撃開始！」

ウィッチたちは身体をくるりと回転させると、逆落としに黒いネウロイへ突っ込んでいった。

手に機関銃を持ち、軸線を合わせつつ、ネウロイを捉《とら》えている。黒いネウロイは一定の速度で飛んでいるだけだから、余計な機動をする必要もない。どんな未熟者でも命中させられる局面だ。

先頭のウィッチが持つラハティ＝サロランタM1926機関銃が火を噴いた。それを皮切りに、全てのウィッチが射撃を開始する。火線がネウロイに浴びせられた。

だがなにも起こらない。黒いネウロイは悠然と飛んでいた。

距離が遠すぎる、と智子は感じた。弾が届いていないのである。日頃小型ばかりを相手にしていると、いざサイズ違いのネウロイと遭遇したときに起こる現象だ。扶桑海事変で彼女も散々味わった。

アホネンが命じ、ウィッチたちはさらに近づく。また射撃をしたが、やはり当たらない。

「アホネン大尉、私がやる！」

智子は九七式戦闘脚の魔導エンジンを吹かした。第一中隊のウィッチを押しのけるように接近する。

まだ撃たない。照準器に黒い外殻が入る。あれだけの大きさだから、手が届くと錯覚するまで近づかなければ駄目だ。でなければ破壊できない。

ネウロイはどんどん大きくなっていく。それでも智子は発砲しない。引き金を引きたくなるのを我慢し、もう少し、もう少しと接近する。

視界全てがネウロイになった。人差し指に力を込める。

その刹那《せつな》、智子の全身を悪寒が襲った。

反射的に射撃を中止。上昇に移り、シールドを張る。

同時にネウロイの赤い六角形が光った。

光の線が伸びた。一直線に智子へと向かい、シールドに直撃する。

「うっ⁉」

目の前で光が弾《はじ》け、目も眩《くら》むような輝きとなる。智子は思わず顔を背けた。身体で受けたら真っ黒焦げになっただろう。そう直感できるほど危険な攻撃だった。

「光線兵器……！」

智子のうなじが総毛立った。ネウロイの攻撃手段はウィッチのような実体弾である。人類側と違うところは、着弾してあたりを破壊すると同時に自らも消失するところくらいで、威力もほとんど同じ。

だがこの黒いネウロイは、空想小説に出てくるような怪力線を発射するのだ。

かつて智子は扶桑海事変で『山』が同じような攻撃をするところに遭遇した。あれは巨体だからできることだと誰もが思っていた。しかしこのネウロイは『山』よりも小さく、なのに攻撃手段が同じなのである。

「どういうこと……。ネウロイが自己変革してるの……？」

次の瞬間、ネウロイの赤いパネルが一斉に光った。

四方八方に光線が放たれる。智子だけではなく、第一中隊のウィッチにも攻撃が向けられた。

スオムスの空が光る。悲鳴が上がった。

ウィッチが二人、ストライカーユニットを撃ち抜かれた。煙を吹きながら墜《お》ちていく。

はじめて受ける攻撃に対処できないのだ。

アホネンは急いで退避を命じる。一斉に距離を取るウィッチたち。

だが智子は反対に、もう一度黒いネウロイへと突っ込んでいった。

「穴拭少尉、あなたも逃げなさい！」

インカムにアホネンの声。智子は聞かない。あの黒いネウロイを前に、心はむしろ燃え上がっていた。

あいつは見たこともない新型だ。あいつを墜としさえすれば、絶対新聞に載る。そうすれば武子にも伝わるし、扶桑本国も無視できないだろう。自分がカールスラント派遣組より優秀だったことを証明できる。

気が逸《はや》っていたことが、むしろ気力となった。もう一度機関銃を構えて立ち向かう。

照準器の中にネウロイが一杯に広がる。今度は引き金を引いた。銃口から放たれた火線が、黒い外殻に吸い込まれる。

だが銃弾は全てが弾かれ、ネウロイにひっかき傷しかつけられなかった。

「なんで⁉」

すぐに分かった。この機銃では威力が足りない。一瞬引き上げようとの気持ちが湧いたが、すぐに打ち消す。

だったらもっと近づいて、叩《たた》っ切ってやる。

備前長船の柄《つか》を握りしめる。鯉口《こいくち》を切り、九七式戦闘脚のスピードを上げて突進していく。鞘《さや》から覗《のぞ》いた白刃が太陽の光を浴びて反射する。

突然、ネウロイの赤いパネルが発光した。放たれた光線が全て智子へと向けられる。

智子は急いでシールドを張る。何本もの光線が命中した。

ネウロイは第一中隊のウィッチにもう危険がないと判断し、全てを智子に振り向けたのだ。こうなると接近攻撃どころではない。防ぐので精一杯だった。

目の前で光がいくつも弾け、視界を覆っていく。眩《まぶ》しくて前が見えず、しかも攻撃を防ぐことで魔力と体力が急速に失われていった。

智子は歯を食いしばった。

「まだ、まだ……！　ま……」

全身から力が抜けていき、頭がくらくらしてくる。張り続けているシールドは衰えつつあった。インカムからなにか聞こえてくるが耳に入らない。全身から汗が噴き出し、喉《のど》がからからになる。

ぱしっと音がして、シールドが弾けた。ネウロイの集中攻撃に限界が来たのだ。

智子は防御手段がなにもないまま空中に取り残された。シールドを張り直そうにも力が入らない。ネウロイのパネルは全てが彼女に指向されている。

赤いパネルが光る。智子は思わず目をつぶる。

空が光るのが分かる。だが、なにも起こらなかった。

目を開けると、一人のウィッチがシールドを張って攻撃を防いでいた。

くすんだ銀色の長髪に使い古されたハリケーン。ビューリングだ。彼女は光線の前に立ちはだかり、シールドを目一杯展開していた。

「智子、逃げろ！」

ビューリングは攻撃をしていない。全ての魔力をシールドに注ぎ込んで防いでいるのだ。

「逃げろって……あんたは⁉」

「私のことは放っておけ！　みんな！」

エルマが飛んできた。続いてオヘアとハルカ。ウルスラもいる。訓練中の義勇独立飛行中隊全員がやってきていた。戦闘中の通信を聞いて飛んできたのだろう。武装もしていなかった。

「エルマ、智子を任せる！」

「はいっ」

エルマが智子の右腕を摑《つか》んだ。左腕はオヘア。二人で力を合わせて引っ張る。ハルカもやってきて後ろから押した。智子は浮いているので精一杯だったから、引きずられる恰好《かっこう》になった。

ウルスラは第一中隊の誘導をしている。そしてビューリングは一人で黒いネウロイの攻撃を防いでいた。

ネウロイは攻撃の方向を智子に動かそうとするが、そのたびにビューリングがシールドを構えて立ち塞《ふさ》がった。

「ビューリング！　ねえ！」

智子は青い顔をして叫ぶ。ビューリングのシールドは限界に達しつつあり、色が薄くなっていたのだ。

あのままでは早々に砕け散る。智子は戻ろうとしたが、三人が離そうとしない。どれだけじたばたしようと、きつく摑まれていた。

「ねえ、放してよ！　このままじゃビューリングが……」

「オヘアさん、ハルカさん、放しちゃ駄目です！」

「分かってるねー！」

「絶対に放しません！」

智子は三人がかりで連れて行かれる。ビューリングの姿が遠ざかっていく。ネウロイの光線はなおも彼女に集中する。

「ビューリング!!」

黒いネウロイの攻撃が最高潮に達し、空が大きく輝く。

ビューリングの姿が光の中に飲み込まれ、智子は気を失った。

第五章 5 LUKU いらん子中隊奮戦す

HILJAINEN NOIDAT
SUOMUSIN SOPEUTUMATTOMIEN LAIVUE

目を開けたとき、まず見えたのは木製の天井だった。

智子《ともこ》はしばらくぼんやりした。ここはいったいどこなのか、自覚するのにしばらく時間がかかった。扶桑の明野飛行学校、ではない。確か自分はスオムスに派遣されて戦っていたはず。小型ネウロイを撃墜して、黒いネウロイに遭遇して、撃っても通じなくて、やがて攻撃されてビューリングが駆けつけてきて。

はっとして、跳ね起きた。

個室にいた。ベッドと脇に置いてある洗面器にタオル。除菌用アルコールの匂い。ラッペーンランタ基地の医務室。そこのベッドに寝かされていた。

どうしてと思っていると扉が開いた。

「智子少尉、気がついたんですね！」

ハルカであった。彼女の後ろから、エルマとオヘア、ウルスラまで顔を覗かせていた。

ぞろぞろと、室内に入ってくる。

「ずっと眠っていたんですよ」

「どれくらい……？」

「二日です」

黒いネウロイと戦ってから、そんなに時間がたっていたのか。よほど魔力を消耗したらしい。

ハルカがベッド脇までやってきた。

「私が智子少尉のお世話をしたんです。服を脱がせて身体を拭《ふ》いて、それから着せて、それからえーっと」

指を折って数えるハルカ。智子はとりあえず「ありがと」と礼を述べた。

「あのネウロイ、どうなったの……？」

「いなくなっちゃいました」

とエルマが答えた。周囲を荒らしたあと、飛んできた方向に引き返したらしい。地上にも攻撃を加えており、陸軍部隊に被害が出たとのこと。

智子の脳裏に、パブで奢《おご》ってくれた兵たちの顔が思い浮かぶ。

「どこの部隊？　誰がやられたのか分かる？」

「そこまでは……」

エルマが首を振る。

「次来たら、もっと本格的な攻撃になるだろうって、ハッキネン大尉はおっしゃってました」

黒いネウロイの目撃例ははじめてだから、きっと今ごろは確認に大わらわだ。詳しい行動は不明だが、人類の生存領域を侵すのだから、地上攻撃をするのだろう。

「そうそう。撃墜された第一中隊のお二人ですけど、どちらも無事でした。アホネンさんがほっとしてましたよ」

「そう……」

エルマの台詞《せりふ》を聞き流していた智子だったが、ふと気がついた。

「ビューリングは……？」

「それはねー……むぐ」

喋《しゃべ》ろうとしたオヘアの口を、ウルスラが背伸びをして塞ぐ。エルマがわざとらしく咳払《せきばら》いした。

「穴拭《あなぶき》少尉はもう少し休まれた方が……」

「教えて」

智子の台詞に、エルマは困ったような表情を浮かべたものの、喋り出した。

「ネウロイの攻撃がビューリングさんに集中してですね、シールドが砕けちゃったんです。すぐにウルスラさんが助けに戻ったんですけど、その……」

目を伏せている。智子は真っ青になった。

「撃墜されたの……？」

「……はい」

智子はベッドから下りようとした。彼女は体力も魔力も回復しきっていない。だがそんなことは関係なかった。

「出撃する」

エルマが慌てておさえた。

「駄目です。穴拭少尉は休んでいないと」

「私があのネウロイを吹っ飛ばす！　放して！」

「皆さん手伝ってください！」

エルマとハルカに上半身を、オヘアとウルスラに下半身を押さえつけられても智子は暴れていたが、しばらくのちに大人しくなった。

「しばらく寝ててください」

息を荒くしながらエルマが言い放つ。

「それが穴拭少尉の役目です」

「出撃させて！」

「禁止です」

「でも……！」

「私は中隊長で、穴拭少尉の上官です。命令に違反したら拘束します！」

強い口調に、智子は言葉を失った。エルマは本気だ。彼女の顔は真剣で、これまでのような弱気は影を潜めていた。

「……分かったわよ……」

再びベッドに横たわり、毛布を頭からかぶる。

「寝てる」

エルマはほっとしたようで、いつもの温和な顔つきに戻った。

「そうしてください。私たちは帰りますけど、外には衛兵を立たせますから、抜け出そうとしても無駄ですよ」

それから皆をうながして部屋の外へ出て行った。

智子はしばらく、毛布を被《かぶ》ったままだった。目をつぶってはいたが、ずっと寝ていたためか眠くない。代わりに様々なことが去来していた。

これまで撃墜してきた多くのネウロイ。そして出現した黒いネウロイ。赤いパネルから放たれる光線。攻撃を防ごうとシールドを張るブリタニアのウィッチ。

ビューリング。あの女はどうして、自分を守ろうとしたのだろうか。

スオムスに死にに来たと彼女は言った。だけど本当にすることはないじゃないか。しかも、こんな戦果にしか興味のないウィッチをかばうだなんて。

くすんだ銀髪。皮肉っぽい口元。タバコ臭い肌。近くにいるだけで腹立たしかったブリタニア女。

彼女はもういない。

うっすらと目から涙がこぼれる。智子は枕に顔を沈め、声を押し殺しながら泣いた。

病人に運ばれる食事は豆のスープと乾燥した野菜を戻したもの。それに卵がついていた。智子はつまらなそうにしながらも、それでも全て食べた。

ベッドから半身を起こして窓の外を眺める。滑走路から離陸する義勇独立飛行中隊が見えた。

エルマが指揮しているようだ。多分訓練だろう。最後に飛び立ったウルスラは、長い筒状のものを抱えていた。

「……あれって、実験してたやつ……?」

扉が開く音がしたので、見るのを中止して振り返る。

ハッキネン大尉がいた。となりには男性の軍人。

智子は立ち上がろうとしたが、ハッキネンに「そのままで」と言われた。

「こちらは扶桑皇国陸軍の佐久間《さくま》中佐。扶桑大使館の武官を務められています」

ベッドで半身を起こしたまま敬礼する。佐久間は答礼した。

「穴拭少尉、スオムスでの戦いの数々、見事だった」

とんでもありません、と智子は返事をする。

「自分はまだ戦果を挙げておりません」

「そんなことはない。四十機以上撃墜は立派だ。功績を鑑《かんが》みて、本国に叙勲の申請もしている。まず、通るだろう」

勲章をもらえるのか。さすがに武子《たけこ》の耳にも届くだろう。願いは叶《かな》ったと言える。だけど今の智子は、どうしても喜ぶ気になれなかった。

反応が鈍いので、佐久間はさらに言う。

「それから、穴拭少尉を本国に召還することになる。英雄の凱旋《がいせん》になるぞ。扶桑の誇る撃墜王《エース》だからな」

「……分かりました」

帰国か。それもいい。元々スオムスに未練などないのだ。

「まず明日、ヘルシンキでささやかなパーティーがある。黒いネウロイのことも聞かせてくれ。それから帰国だ」

「はあ……」

ふと思い立って質問した。

「……中佐殿は、どうして自分がスオムスに派遣されたのか、お聞き及びでしょうか」

「ん？　ああ、噂程度しか知らんが……」

そう言ってから、佐久間は話をはじめた。

「陸軍からのカールスラント組を選抜している最中に、加藤《かとう》少尉……今は中尉だったか、とにかく彼女がやってきて、君のスオムス派遣を強く主張したんだ」

「武子が……」

「君の実績からいってカールスラントに行くべきとの意見が大勢を占めていたんだが、なにしろ実際に派遣される現役ウィッチが直《じか》に言ったものだから、説得されたらしい」

「………」

「扶桑海事変のエースをスオムスに送るのはもったいないと皆も思ったらしいが、戦果を見る限り杞憂《きゆう》だったようだな」

「……そう、ですね」

智子はもぞもぞとベッドに横たわる。

自分をここに送り込んだのは親友だった。あの武子が。離れたくてわざわざそんなことをしたのだろうか。

それは正解だ。こんな女と一緒に戦う価値なんてない。扶桑海の巴《ともえ》御前《ごぜん》なんて、しょせん名ばかりなのだ。

智子はしばらく天井を見つめていたが、やがて目をつぶる。いつの間にか佐久間とハッキネンは去っていた。

次の日、まだ智子はベッドの中にいた。

エルマが手配した衛兵はとっくにいなくなったが、今度は智子自身がなにもしたくなかった。魔力の回復もまだ完全ではない。気力が抜けたせいもあって、抜け殻とまではいかないまでも、役立たずの側に分類されていた。

朝食を半分以上残す。スピーカーからは第一中隊への出撃命令が発せられていた。またネウロイが攻撃してきたみたいだ。

ぼんやりしていたら、今度は佐久間が一人でやってきた。

「今日はヘルシンキに行くぞ」

そういえばそうだった。枕元の懐中時計を確認してから、佐久間に訊《き》いた。

「すぐに出るのでしょうか」

「いや、車の整備をしてガソリンを入れなきゃならん。今のスオムスはガソリンも貴重だ。分けてもらうのに手続きが煩雑なんだよ」

あとで迎えに来るからと言い、佐久間は出て行った。

時間には余裕があるようだ。智子はベッドから這《は》い出した。

なんとなくいつもの巫女《みこ》服を着る。しばらくためらったのち備前長船をぶら下げた。愛用してきた扶桑刀は、いつもよりずっと重く感じられた。

作戦司令室へと歩く。ハッキネンがそこで指揮を執っているはずだ。帰国前に様子を見ようと思っていた。

ラッペーンランタ基地の中で、作戦司令室のある棟は唯一のコンクリート造である。木造のまま放置して、爆撃で司令官以下の首脳陣がごっそりやられたら大打撃となるからだ。乏しい物資を利用して対爆強化がなされており、緊急時には一般兵も避難できるよう定められていた。

薄暗い作戦司令室内にはテーブルが置かれており、複数の電話がある。レーダーもあれば便利なのだがスオムスにそんなものはない。隣室には電話の交換設備と無線、暗号解読の設備が置かれていた。

テーブルの上にはカレリア地峡の大きな地図が広げられ、ネウロイを示す木製の駒が置かれている。「24」と書かれた駒が、ネウロイ駒の行く手を遮るように立てられていた。「28-1」と書かれた駒はラッペーンランタからヴィープリ方面に向かっている。

空軍の作戦司令部ならもっと豪華だが、前線の飛行場にしてはそれなりのものだ。ハッキネンは他部隊の無線通信を傍受してまで状況把握に努めていた。

室内に入った智子は、邪魔にならないよう隅に立っていた。ハッキネンのもとには無線や有線による状況報告が頻繁に入ってくる。

「第24戦隊がネウロイの集団との戦闘に突入しました」

女性士官が告げる。ハッキネンは無線のマイクを手に取った。

「こちら雪女《ルミネン・ナイネン》。第一中隊、状況を知らせてください」

『こちら第一中隊。二十分で接敵予定』

「第24戦隊の撃ち漏らしが行くかもしれません。警戒を怠らないように」

『了解』

アホネンの音声が作戦司令室内に響く。

ぼんやりと聞いていたが、あまり頭の中に入ってこない。アホネンたちに怪我がなければいいなとか、そんなことを考えた。

作戦司令室の扉が薄く開き、誰かが智子に手招きをする。出てみると、佐久間がいた。

「出発するぞ、穴拭少尉」

「………………」

「君は本日から休暇扱いだ。あとはスオムスの人たちに任せておけばいい」

「……はい」

出る直前の作戦司令室内には、泡を食ったような女性士官が電報の束を握りしめて駆け込んでいた。状況に変化でもあったのだろうか。

智子は佐久間と連れだって外に出る。相変わらずの積雪と曇り空で、吐く息は白く、耳の奥まで痺《しび》れる感じがしていた。

大使館差し回しの乗用車が止まっていた。ご丁寧にタイヤチェーンも巻かれていた。こうしないと百メートルも行かないうちにスタックするからだ。スオムスの冬はかくも厳しい。

この寒さは自分を追い出そうとしているのか、それとも逃がさないようにしているのか。智子には、意思のあるものが問いかけしているようにも感じられた。

乗り込もうとしたら、サイレンが鳴った。続いてスピーカーから女性の声が流れる。

『警報、警報。黒色ネウロイがラドガ湖北部上空で目撃されました。ネウロイはミッケリ方面に飛行中』

黒いネウロイだ。前と違ってラドガ湖から回り込むように飛んでいる。しかもミッケリへ向かっていた。

いや待て、ミッケリはちょっと奥まったところにあるから目標ではないだろう。本当の攻撃目標はインモラかスール＝メリヨキ、ひょっとしたらここラッペーンランタじゃないのか。あいつはウィッチの基地と周囲の市街を狙っている。

防空壕《ぼうくうごう》への避難命令が出される。ハッキネンも同じ結論に達したようだ。第２４戦隊もこの基地の第一中隊も出払っているのだ。守るものがいない。

「早く行こう」

佐久間が言った。

「基地から離れれば爆撃されることもないだろう」

智子はなおも動かず、基地内の放送に耳を傾けていた。

『……関係のないものは防空壕に避難してください。滑走路上にいるものはただちに退避。義勇独立飛行中隊が出撃します。繰り返します、滑走路上にいるものは……』

「えっ⁉」

思わず声を出す。義勇独立飛行中隊が出撃する。迎撃に出るのだ。黒いネウロイを攻撃するには技量不足もはなはだしいが、ハッキネンと、なによりエルマが決断した。

今ここでやらなければ、全てが破壊されてしまう。

インモラ、ラッペーンランタ、スール＝メリヨキの各基地が破壊されたらウィッチの基地は後退するか活動低下を余儀なくされる。前線部隊へのエアカバーはなくなり、ネウロイの突破を許すことになるだろう。そうなったら破滅へ一直線だ。

だからエルマは出撃を決めたのである。

格納庫《ハンガー》からストライカーユニットを装着したウィッチたちが姿を現した。滑走路へと進み、離陸していく。先頭はハルカ、続いてウルスラ、オヘア。最後尾がエルマ。全員左右にふらつきながら上昇する。初心者みたいな離陸だ。智子は頭を抱えたくなった。両足を伸ばす癖をつけないからこうなる。だからいらん子って呼ばれるのよ。

基地上空で編隊を組もうとしているが、うまくいかない。エルマはこのときの指揮が下手だ。ウルスラのＨｅ１１２の速度に合わせようとしてしまう。そうじゃなくて他のみんなで編隊組んで、あとでウルスラについて来させればいいのよ。何回もやったでしょう。

彼女たちはなんとか不恰好《ぶかっこう》な編隊を組むと、よたよたしながら北へ向かう。装備はバラバラで古臭い。あんなので黒いネウロイを倒せるのかはなはだ不安だ。当人たちもそう思っているだろう。あの娘《こ》たちは出来が悪い。特技といえばろくに飛び立てないか、明後日《あさって》の方向に銃撃するか、見当違いの方へ飛んでいくか、着陸でミスをするかくらいだ。

それでもあの娘たちは躊躇《ためら》っていなかった。

全員がスオムスの空を守るために飛び立っていく。最初で最後の出撃だろうと、あらん限りの力を振り絞る。

それが義勇独立飛行中隊で、いらん子中隊に課せられた使命なのだ。

（なのに……なのに……！）

私は、こんなところでなにをしているんだ。

智子の奥歯ががりっと音を立てる。

あの娘たちは、こんな自分のために身を投げ出して助けてくれた。基地まで引っ張ってくれた。そしてまた出撃だ。そんな姿を見ているだけなんて。

いつの間にか雪が降っていた。智子の肌に落ち、体温でたちまち溶ける。

自然と足が動く。最初はゆっくり、徐々に速く。最後は駆け足となった。

「おい、穴拭少尉、なにをしてるんだ！　戻りたまえ！　穴拭少尉！」

佐久間中佐の声はもう耳に入らない。全力で疾走しながら格納庫《ハンガー》へと飛び込んだ。

＊　＊　＊

離陸してから接敵するまで、あっという間以外に言葉もない。

心の準備なんて言ってる暇なぞない。義勇独立飛行中隊は黒いネウロイを食い止めるべく、戦闘に突入していた。

黒いネウロイの攻撃手段に死角はなかった。外殻には赤いパネルがいくつも存在しており、どこからでもどの方向にでも射撃できるようになっている。攻撃する側のウィッチとしては、シールドを張りながら、なるべく集中砲火を浴びないような回避機動をおこなうしかない。

だが義勇独立飛行中隊のウィッチたちに、そんな余裕はそもそもなかった。

「ハルカさん、シールド、シールド！」

「きゃーっ！　前が見えませーん！」

「ミーがやるねー！　ウルスラは援護ねー！」

「現在ネウロイの攻撃を受けています。手一杯です」

彼女たちは飛び回り、あるいはシールドを張ってネウロイに対抗していた。

ときおり射撃をするもなかなかうまくいかない。たまに命中弾を与えても、黒いネウロイは悠然と飛び続けていた。

ラドガ湖の北端には黒いネウロイと義勇独立飛行中隊しかいない。だが空中には放たれる光線と銃弾が乱舞して、かつてない激戦となっていた。

「きゃーきゃーきゃー！」

叫びながらもハルカがシールドを張る。ネウロイの光線はとっさのところで防がれた。

無事を確認したエルマが叫ぶ。

「相手の鼻面を押さえます。ついてきてください！」

まずエルマが先頭を飛ぶ。やや遅れてオヘアとウルスラ。ハルカが最後尾になった。

どうにかこうにか黒いネウロイを追い越し、前方に回り込む。正対する恰好になった。

「こ……ここを通したら、全部やられちゃいます」

エルマがラハティ＝サロランタM１９２６機関銃を構える。皆も彼女に倣った。

「絶対に通さないように、頑張ります！」

黒いネウロイが大きくなる。速度を上げたようだ。生意気なウィッチたちを蹴散《けち》らすことに決めたのだろう。光線で攻撃し、固い外殻で防ぐつもりだ。

ネウロイがどんどん大きくなって視界を占める。存在そのものに圧迫感と恐怖があり、自然と足が震えた。

エルマは手足を落ち着かせようと、脇をぎゅっと締めた。

「エルマさん……怖くないですか」

隣のハルカはもう泣きそうだ。エルマはもつれそうな舌をなんとか安定させて言う。

「怖いです……すっごく怖い。でも私たちがやらなきゃいけないんです。だから、やります！」

ネウロイの赤いパネルが発光しそうになる。機先を制するようにエルマは叫ぶ。

「撃って！」

ウィッチたちは一斉に射撃を開始。数多くの銃弾が黒いネウロイに吸い込まれる。

命中。だが相手は速力を緩めない。お返しに光線が飛んできた。

「回避してください！」

彼女たちはバラバラに逃げた。シールドを張り、なるべく照準をずらそうと飛び回る。

どうにか攻撃範囲外に出た。

「皆さん、大丈夫ですか？」

「リベリオン一番、オヘアね。平気よー」

「扶桑二番のハルカです。無事です」

「カールスラント一番。かすりました」

ウルスラが攻撃を避けきれなかったようだ。右脚のストライカーユニットが被害を受けている。飛行はできているが、やや安定性を欠いていた。それでも怪我人はいなかったので、エルマは胸を撫《な》で下ろした。

そして黒いネウロイは、いまだ飛行を続けていた。

損害は与えたはずだがまるで影響がない。黒い外殻に多少の傷はついたものの、ぴんぴんしている。ウィッチたちの基地に向けての飛行を止めていなかった。

絶望的な気持ちになるエルマ。あれだけの攻撃を与えても駄目なのだ。

「どうするねー」

オヘアの言葉に、エルマは返事をした。

「……攻撃します」

そして再び黒いネウロイに向かって行く。ただし今度は後方から。

エルマの表情は悲壮感に満ちている。不審に感じたか、オヘアがまた声をかけた。

「どうやるつもりねー」

「…………」

「エルマ？」

「……体当たりします」

他のウィッチたちが仰天した。エルマはかすれた声で言う。

「わ……私が中隊長です。私が皆さんに出撃を命令したんですから、責任を取るべきかなあって……」

オヘアが泡を食って叫んだ。

「そんなこと駄目ねー！　指揮官が真っ先に死んでどうするねー！」

「し、指揮はオヘアさんに任せます。私が体当たりで動きを止めますから、あとはウルスラさんのあれで……」

「無茶苦茶ねー！」

「ほ、方法がないんです……。やります！」

エルマがG．50の魔導エンジンを吹かす。止めようとしたオヘアの手をすり抜け、黒いネウロイに飛び込もうとする。

その時。

「待ちなさいよ！　体当たりしたって駄目よ！」

「……穴拭少尉⁉」

エルマが上空を仰ぎ見る。

大声と共に、智子の姿が雲の中から現れるところであった。

智子は両腕を広げてエルマの前に立ち塞《ふさ》がった。エルマの目は見開かれていた。

「穴拭少尉……寝てたんじゃ……」

「私だって義勇独立飛行中隊の一員よ、寝てられないわよ」

「せっかく扶桑に帰れるのに……」

「私はこう見えてもスオムスの撃墜王《エース》よ！　あんたたちを見捨てることなんて、絶対にしない！」

きっぱりと言い切った。

その言葉に、エルマだけではなくオヘアの目も開かれたままだ。ハルカは感激のあまり泣きそう。ウルスラだけはいつもと変わらなかった。

「智子！　ユーは最高のエースね！」

オヘアが抱きついてくる。衝撃で、二人は空中をくるくる回った。

「ちょっと、目が回るから……。いい、聞いて。あの黒いネウロイは固くて火力も強い。

生半可な攻撃じゃ成功しないわ」

「ならどうするねー」

「私に策がある」

「どんなことね」

「編隊を組み直すわよ、早く！」

智子は手早く説明をする。皆に指示して編隊を整えさせた。

いつもとは違い、特殊な編隊だ。先頭はオヘアが受け持ち、右横に智子、左横にハルカがつく。後方にウルスラと、彼女を支えながらエルマが並んだ。

「これが策ねー……？」

不審げなオヘアに智子は言う。

「私が合図をしたらシールドを張って。全員でやるわよ」

各人がシールドを展開すれば、編隊の前半分が透明な装甲で包まれる形になるはずだと彼女は説明した。

「いい、あれだけの大きさのネウロイだと、必ず内部にコアがあるの。コアを破壊すれば倒せるわ。逆に言えば、コアを破壊しないと意味がない」

智子の説明に皆がうなずく。

「あの固い外板を破壊しないとコアは出てこない。でも下手に近づいたらやられてしまう。だからこうやって編隊を密集させたのよ」

智子は先頭のウィッチに告げた。

「オヘア、あんたが一番タフでストライカーユニットも頑丈なの。だから先っぽを任せるわ」

「なるほどねー」

オヘアがうなずく。智子は後ろの二人にも言った。

「ウルスラは安定しないみたいだから、エルマ中尉がサポートしてください。シールドは途切れさせちゃ駄目です。全員分の魔力が必要です」

「了解です」

「分かりました」

二人も承知した。

「攻撃の主軸はハルカ、あんたよ」

ハルカが驚き、空中で飛び上がりそうになった。

「私ですか……!?」

「私は病み上がりだから、最後の瞬間まで攻撃は無理。あんたがまず撃って外板を破壊して」

「それは分かりましたけど……私、射撃下手で当てられるかどうか……」

「当てなさい」

「ええ……。でもこの武器で破れるんでしょうか……」

ハルカが手元の機関銃に目を落とす。さっきの攻撃でも黒いネウロイの外殻を破壊できなかったのだ。

「これを使ってください」

平坦《へいたん》な声音と共に、ウルスラがハルカに鉄製の筒を差し出した。

二本ある。やけに太い。筒にはボタン代わりらしきレバーが装着されていた。形は素っ気ない上に不恰好《ぶかっこう》で、智子は目をぱちくりさせた。

「なにこれ」

「手製のロケット砲です。この間完成しました」

ウルスラは淡々と言う。

「これなら外板を破れるはずです。私はストライカーユニットが損傷して、うまく狙えないかもしれませんから」

聞いた智子はすぐに決断した。

「よし。ハルカはロケット砲に持ち替えて」

「うう……分かりました」

ハルカは二本とも受け取り、一本を背負い、もう一本を両手で持つ。

準備は整った。ネウロイは遠ざかりつつある。もう時間はない。すぐにでも行かなくては。

智子は息を吸い、それから気づいてエルマに言った。

「中尉、お願いします」

「は、はい……？」

「中隊長でしょう。私たちはあなたの命令で動きます」

「……そ、そうでしたね……。分かりました。やります」

エルマは口元を引き締めた。大きく息を吸い込む。

「……全員傾注！」

芯《しん》の通った声に、皆は身を引き締める。

「これより敵黒色ネウロイへの攻撃を敢行します！　シールド展開！」

全員分のシールドが張られて編隊を覆う。皆の身体が密着し、隙間がなくなる。

不揃《ふぞろ》いのストライカーユニットを履いたウィッチたち。不恰好で出身国もバラバラな

「いらん子」ども。

それでも彼女たちの心は一つとなり、燃えていた。

エルマは息を吸い、大音声を発した。

「義勇独立飛行中隊、突撃！」

魔導エンジンを全力回転。耳をつんざく轟音《ごうおん》が大空を埋め尽くす。限界まで引き絞られた弓から矢が放たれたように、ウィッチたちは発進する。

いらん子中隊の面々は、一丸となって突っ走った。


スオムスの上空を制圧せんとする黒いネウロイ。そして追いかけるウィッチ。

彼女たちは後方から食らいついた。

黒いネウロイからは、目も眩《くら》むばかりの防御砲火が放たれる。各所にあるパネルは赤々と輝き、全てがウィッチたちに指向していた。

「ワオ、ワーオ！　すさまじいねー！」

「我慢しなさいよ！」

「任せるねー！」

智子の声に先頭のオヘアが叫ぶ。彼女の目には全てが自分に向かって放たれているように感じられるし、実際にそうだった。それでも全員の力を合わせたシールドは、破れることなく防いでいた。

怯《ひる》むことなく前進するウィッチたち。ネウロイを倒すという使命と、互いの信頼関係が後押ししていた。

黒いネウロイからの攻撃がいっそう激しくなる。

「そろそろ限界ねー！」

オヘアが言うが、智子はほんの一瞬だけ我慢した。

そして叫ぶ。

「今よ！」

次の瞬間、ハルカの直前だけシールドが消える。同時に彼女はロケット砲のレバーを押し込んだ。

ぽひゅっと音がして、ロケット弾が放たれる。煙の航跡を残して突き進んでいく。

「あ……あー！」

全員が絶叫した。ロケット弾は黒いネウロイにかすりもせず、明後日《あさって》の方角へ飛んでいったのであった。

五人のウィッチたちはネウロイの上方を通過した。そのまま距離を取って離れる。

「なんで外すのよっ！」

たまらず智子が怒鳴った。ハルカはさすがに面目なさそうにしている。

「ご、ごめんなさい……」

「あと一発しかないのよ。次は絶対に外さないで」

「はい……」

ハルカは自信なさそうに返事をすると、顔の前で手を閉じたり開いたり、遠ざけたり近づけたりしていた。

エルマがその仕草に気づいた。

「ハルカさん……もしかしたら、眼が悪いんですか……？」

「……はい」

その返事に、智子は口をあんぐり開けた。智子だけではなく、全員が目を丸くした。

自信なさそうなハルカに、智子が詰め寄る。

「近眼なの!?」

「そうなんです……よく見えなくて」

「眼鏡ないの……？」

「あります……」

「かけなさいよ！」

智子の絶叫にびくっとするハルカ。それでも首を振った。

「でっ、でも、私、眼鏡をかけるとすっごく変な顔になっちゃいますから……」

「「かけろっ!!」」

今度は全員で叫んだ。

だがハルカは頑《かたく》なに、何度も首を横に振った。

「嫌ですっ、そんなの耐えられませんっ！」

「耐えなさいよ！　たかが眼鏡でしょうが！」

智子はハルカの両肩を掴《つか》む。

「あんたがちゃんと当てないと、あいつを吹っ飛ばせないのよ！　そうなったらパブにいた兵隊さんがやられるかもしれない。パブも破壊されるかもしれない。それに、ビューリングが犬死ににになっちゃうのよ！」

智子は心から叫んだ。

「ハルカにかかってる、ハルカにかかってるの！　眼鏡かけて！　私たちだけじゃない、ビューリングのために！」

智子の剣幕に押されながらも、ハルカは口を引き締めてなにも言わない。

やがて、小さくうなずいた。

「……分かりました……」

懐から眼鏡を取り出すと、弦を伸ばしてかけた。

眼鏡は丸くて大きく、牛乳瓶の底を数枚重ねた厚さであった。顔の大きさに比べ明らかに不釣り合いだ。

「……笑いません？」

「似合ってる」

智子は言った。

「ビューリングが見たら惚《ほ》れるわよ」

「智子少尉に惚れて欲しいです」

「考えとく」

黒いネウロイは正面から接近している。今度は射撃をしながらウィッチたちを蹴散《けち》らすつもりだ。尖《とが》った先端が鈍く光っている。

義勇独立飛行中隊はもう一度編隊を組み直すと相対する。もう失敗できない。ウルスラの作ったロケット弾は残り一発しかないのだから。

再び突撃を開始した。

さきほどと同様に、オヘアが槍《やり》の先端となって分厚くシールドを展開し、智子が右、ハルカが左に位置してカバー。エルマとウルスラはシールドの補強をする。

後ろから追い越すのと違い、あっという間にネウロイが大きくなっていた。

「上昇！」

エルマが号令。少しだけ頭を上げてネウロイの上に出る。

「降下！」

そして斜め下に見える黒い外殻に向けて突っ込んでいく。

「撃って！」

「はいっ！」

智子の号令と共に、ハルカはロケット砲のレバーを力一杯押し下げた。

乾いた音がしてロケット弾が飛び出す。推進剤に点火し、火を噴きながら飛んでいく。

今度は狙い違《たが》わず、ネウロイの真ん中に命中した。

轟音と炸裂《さくれつ》音。黒い外殻が裂ける。風圧で外板が剝《は》がれていき、内部構造物が剝《む》き出しとなる。

「あれが……コア!?」

エルマが言った。そこには真っ赤な立方体が、脈動するかのように輝いていたのだ。

「オヘア、そのまま！」

全員でコアに向かってダイブ。智子は備前長船の柄《つか》を握りしめる。風圧に負けないよう目を見開き、ネウロイとコアを目に焼きつける。

「……回避！」

オヘアとハルカが上昇。エルマとウルスラもあとに続く。

だが智子はそのままだった。回避と叫んだ瞬間、備前長船を抜いて前進し、シールドの防御から抜け出たのだ。

智子は両手で備前長船を構える。九七式戦闘脚が吼《ほ》える。突進に気圧《けお》されたかネウロイの光線は狙いがずれ、全て後方に抜けていく。

柄を握りしめ、顔の横に刃《やいば》を持っていく。

黒いネウロイの開口部に飛び込んだ。内部構造物に激突。彼女はそのまま愛刀と気合いのみで突っ込む。破片が巫女《みこ》服に傷を作るが構わない。ひたすらに赤いコアをめがけて駆ける。真っ赤な立方体が大写しになる。

「うあああああっ!!」

気合いと共に、備前長船を振り下ろす。

一瞬、時が止まった気がした。

次の瞬間、智子の身体は反対側に抜けた。

そして、黒いネウロイが中央から、メキメキと音を立てて折れていく。真っ二つになったコアが炸裂し、衝撃波となってあたりを揺るがす。少し遅れて爆発の炎が全体を包み込む。

勝利の爆発音が、スオムスの大空に響き渡った。

轟音《ごうおん》が智子の顔に吹きつける。黒いネウロイは四方に飛び散り、細かい破片となって、徐々に消失していった。

「智子少尉！」

ハルカの声が響く。上空から見つめていた義勇独立飛行中隊のウィッチたちは揃って抱き合い、歓声を上げていた。

それらの声は智子にも届いたが、耳には入らない。彼女はただ、それまで黒いネウロイが占めていた空中を見ているだけだった。

「ビューリング少尉……かたきはとったわよ」

それはブリタニアのウィッチへの、手向けの言葉であった。

終章
EPILOGI
HILJAINEN NOIDAT
SUOMUSIN SOPEUTUMATTOMIEN LAIVUE

黒いネウロイは破壊された。今まで銀色しか目撃されなかったネウロイが黒となって攻撃力を増したのもさることながら、「いらん子中隊」が撃ち破ったことはスオムス空軍内で驚きをもって迎えられた。

「見事ね。感服しました」

帰還した智子《ともこ》を真っ先に出迎えてくれたのは、アホネン大尉であった。

「あなた……いえ、あなたたちのことを見くびっていたわ。改めて謝罪します」

彼女は正直に言った。こういうのも、アホネンが実力者として認められているところなのだろうと、智子は感じた。

「もういらん子中隊などとは呼ばないわ」

「別にいいわよ。なんか気に入ったの」

智子の返答に、アホネンはしばらく目をしばたたかせていた。

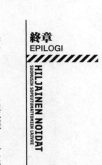

そしてくすりとすると、第一中隊のウィッチたちを整列させる。

「全員、気をつけ」

アホネンたちは背筋を伸ばす。

「いらん子中隊に、敬礼！」

一糸乱れぬ敬礼に、智子たちはしばし見とれていた。

ハッキネンも賞賛してくれた。もっとも彼女は批判するときも褒めるときも、口調が変化しないので本心が分からない。ただ被害がなかったことにほっとしたようで、雪女《ルミネン・ナイネン》の心境の一端をうかがうことができた。

そして。

穴拭《あなぶき》智子様

いかがお過ごしでしょうか。スオムスでの活躍、聞き及んでいます。カールスラントではネウロイの攻勢激しく、油断のできない日々が続いています。

さて、きっとあなたは私を恨んでいることでしょう。あなたのスオムス派遣を具申したのは私です。でも、本当にあなたのためを思ってのことだったのです。私のそばにいたら、あなたは個人の撃墜数にこだわり、大局を見失ってしまったでしょう。ならばスオムスで見知らぬ他国のウィッチと戦った方がいいと思いました。

噂であなたが苦心していると聞いていました。ですが心配していませんでした。あなたほどのウィッチならば、あらゆることを学び、吸収してさらに大きなウィッチとなっているはずだと。きっと大きな戦果を挙げると確信していたのです。

スオムスに出現した黒いネウロイはこちらでも報道されました。あれはカールスラントでもほとんど目撃されていません。あなたが撃墜したのですね。自分のことのように嬉《うれ》しいです。あれを個人で撃墜するのは不可能だと思います。あなたには仲間ができたんですね。並んで飛べる仲間が。

いつの日か再び、共に飛べる日を楽しみにしています。そのときに足手まといにならないよう、実力を磨いておきます。スオムスは息も凍る寒さだと聞きますが、どうか風邪などひかないでね。それではお元気で。

いつまでもあなたと戦う

加藤武子《かとうたけこ》

智子は自室で、いとおしそうに手紙を撫《な》でた。

カールスラントで戦う親友、武子からだった。自分をスオムスに送った張本人。少し前までは激昂《げっこう》したであろう内容も、今は感謝しかない。

おかげでかけがえのない仲間を得たのだから。

智子は椅子に腰かけながら、幸せそうにゆっくり息を吐く。

そして目の前には、自分にこの手紙を届けてくれたウィッチ、ビューリングがのんびりコーヒーを飲んでいた。

彼女は智子の視線に気づき顔を上げる。

「どうした、私の顔になにかついているか？」

「ついてないけど……なんでコーヒー飲んでるの？」

「ブリタニア人が紅茶しか飲まないというのは大いなる偏見だ」

「そうじゃなくて、なんでこの部屋のコーヒー飲むのよ」

「自分の部屋で飲んだらコーヒー豆がなくなるだろう」

「私のだってなくなるわ」

「実に不思議な話だな」

ビューリングは平然と二杯目のおかわりをしていた。

彼女は死んではいなかった。墜落したものの、翌日には救出されてラッペーンランタ基地に運ばれていたのだ。怪我もほとんどなく、ハリケーンがしばらく飛べなくなったくらいであった。

智子は恨めしげに彼女を見つめる。

「なんで姿を見せなかったのよ」

「死んだと誤解させたかった。そうすれば智子も戦い方を変えるだろうからな」

「私、本当に死んだと思っていた」

「成功だな」

ビューリングの策は、ハッキネンやアホネンの許可まで取っていた。エルマ以下義勇独立飛行中隊の全員が承知しており、知らないのは智子だけであったという。

彼女は「あー」と嘆きながら天井を仰ぐ。

「落ち込んで損した」

「私には得しかない」

「今度は私が死んだって嘘ついていい？」

「構わんぞ」

だが嘘をついたところで、ビューリングはきっと見抜くだろう。根拠はないがそう感じる。こういう女は博打《ばくち》やブラフが得意なのだ。

それに智子には死ぬ気などなかった。ビューリングもそうだ。今の彼女からは自暴自棄な雰囲気が出ていない。

義勇独立飛行中隊は、ビューリングの気持ちにも変化を与えていた。

部屋の扉が開く。ハルカとエルマが入ってきた。

「智子お姉様！　ご無事ですか！」

ハルカが駆け寄る。智子は口をへの字にした。

「せっかくお姉様って呼ばなくなったと思ってたのに……」

「ビューリングさんになにかされませんでした？」

「したぞ」

智子より早くビューリングが返事をする。ハルカが「ひょっ」と変な声を上げる。表情が青くなったり赤くなったりした。

「やっぱり！　どんなことですか！　私にもしてください！」

「ちょっと、触んないで！　されてないわよ！　ビューリング、あんた適当なこと言わないで！」

「面白いだろう」

「どう収拾つけるつもりなの⁉」

「いちいち考えたりするか」

じたばたする智子とハルカ。エルマは苦笑していた。

「そういえば穴拭少尉、受勲の話があったと聞きましたけど……？」

「あったわよ。直前で勝手に出撃したからおじゃんになったけど」

ハルカに触られないよう牽制《けんせい》しながら返事をする。

「別にいいわ」

勲章も帰国も、すでに智子の頭にはない。今はここが離れがたかった。身も凍るような寒さのスオムスは、彼女の一部になりつつあった。

今度は荒々しく扉が開く。息せき切ってオヘアが飛び込んできた。

「智子、大変ねー！　またウルスラが実験してるねー！」

「まあ実験くらい……」

「絶対吹っ飛ばすねー！」

次の瞬間、ずしんと音がして基地中が震動する。オヘアが嘆いた。

「もっと遠くでやるねー……」

あの娘《こ》は無事なのかしらと智子が心配していると、顔を黒くしたウルスラがやってきた。

ぬるくなったコーヒーを飲み干し、無言で出ていく。そのあとをオヘアが追いかける。

いきなり基地のサイレンが鳴った。

『警報、警報。ネウロイの飛行集団がラドガ湖方面より進行中。第一中隊、義勇独立飛行中隊は緊急出撃せよ。繰り返す……』

ハッキネン自らの放送だ。智子は立ち上がる。

「よし、生まれ変わったいらん子中隊の力を見せてやろうじゃない」

パンと手を打ち鳴らし、愛用の備前長船をぶら下げる。

「準備よし」

エルマはすでに部屋から出ようとしている。彼女は振り返った。

「そういえば穴拭少尉、受勲って、何機撃墜したんですか？」

「忘れました」

と智子。

「もう気にしません。いきましょう」

「ええ」

エルマはにこりとしてから、言った。

「いらん子中隊、出撃です！」

スオムスの空に何本もの飛行機雲が描かれていく。
いらん子中隊の面々は、冬の大空へと駆け出していった。

あとがき
LOPPUSANAT

HILJAINEN NOIDAT
SUOMUSIN SOPEUTUMATTOMIEN LAIVUE

『サイレントウィッチーズ　スオムスいらん子中隊 ReBOOT!』いよいよ始動です。

大半の読者の方はご存じだとは思いますが、このノベルは、２００６年から２００８年にかけて３冊発行された、『ストライクウィッチーズ　スオムスいらん子中隊』シリーズのリブート作になります。

リブートに至る過程はこの作品の公式サイトに寄せた文などで説明していますので、今回は作品の立ち位置に関して少し説明させていただきます。

もともとのいらん子中隊シリーズは、テレビアニメ『ストライクウィッチーズ』放送前から執筆、発行されていました。

そのため、シリーズの核になるウィッチやストライカーユニットといった部分以外、特にネウロイ側の外観や設定はアニメで採用されたものとは若干異なったものになっています。

アニメシリーズの好評を受けて、そちらが本流の公式設定として認知されていったため、今回のリブート作では、そのあたりを中心に、アニメ設定に寄せた方向で描写を変更した部分がいくつかあります。

一方で、原著のストーリー、キャラクター描写の根幹にかかわる部分は、築地《つきじ》先生には極力忠実になぞっていただき、漫画の『ワールドウィッチーズ』連載等、シリーズ全体で後年肉付けされていった要素をリブートでは導入してもらっています。

具体的には、キャサリン・オヘアとサッチ大尉、ストライカーの不具合に関するエピソード（ＷＷ連載）や智子《ともこ》が扶桑海事変で遭遇した大型ネウロイを回想するシーン（『ストライクウィッチーズ零』）など。

また、いらん子中隊が後に５０７ＪＦＷ・サイレントウィッチーズに発展していくという、アニメ以降の設定を踏まえて、特にエルマのキャラ描写に深みが増しています。

原著をお持ちの方は、変わったところ、変わらないところを確認しながら読まれるのも楽しみではないかと思います。

余談になりますが、原著のカバーデザインでは、『ストライクウィッチーズ』のほうが文字が大きくメインタイトルで、「いらん子中隊」は副題であったのですが、ストライク～が501JFW単体を表すものに変化していったことを踏まえて、今回は『サイレントウィッチーズ』と改題しています。

ただし、原著の3巻分ではサイレントウィッチーズ結成まで描かれていませんし、そもそもこの設定が、ヤマグチ先生がご逝去された後にできたものなので、リブートでは「いらん子中隊」の文字サイズを大きくメインとし、サイレント～を副題的にデザインしてもらいました。

後にサイレントウィッチーズになるよ、というざっくりしたゴールはあるものの、劇中の時間ではそこまで数年の空白があります。

築地先生が新たに創造する「いらん子中隊」の物語、一読者として続刊を楽しみにしております。

島田《しまだ》フミカネ

あとがき
LOPPUSANAT

築地俊彦《つきじとしひこ》です。本作品『サイレントウィッチーズ　スオムスいらん子中隊 ReBOOT!』は、故ヤマグチノボル君の『ストライクウィッチーズ　スオムスいらん子中隊』シリーズのリメイク版となっております。

私が編集部からいらん子リメイクの話をもらったのは、『ブレイブウィッチーズＰｒｅｑｕｅｌ』の一巻が出版された直後です。私はまったく予想しておらず、いわば青天の霹《へき》靂《れき》でした。

編集部からはまさにオファーという感じであり、恐らく断っても問題のないものです。ただ自分の心にためらいなく、気がついたら承諾していました。故人の人気シリーズをリメイクするのですから、もっと躊躇《ちゅうちょ》すべきなのでしょうが、不思議とそんな気持ちは生まれていません。ヤマグチ君と親しくしていたためでしょうか、実に自然な流れでした。ひょっとしたら心のどこかに、いらん子のオファーがあるとすれば自分だとする気持ちがあったのかもしれません。

その後、彼の作品を読み解き、既存の設定と照らし合わせる作業は大変でしたが、楽しいものでした。キャラクターの特徴と戦闘シーンを細かく融合させる手法は彼の得意とするところであり、私には到底およびもつかないものです。彼の雰囲気を残しつつ、発展させていこうと心がけました。のめり込みすぎてしまったので、完成した本書がどこまで上手《うま》くいったのか、自分でもよく分かっていません。ヤマグチ君に怒られないよう祈るのみです。

ヤマグチ君のいらん子中隊が出版されてから約十年となります。その間、ウィッチーズは設定の変遷《へんせん》がありました。今回リメイクするにあたり、極力アニメの設定に近づけるようにしました。

旧いらん子中隊の主要基地はラドガ湖近くにあるカウハバでしたが、実際のカウハバはずっと西側にあるため、ラッペーンランタ基地に変更しました。ネウロイにも種類別に名称がありましたが、これも小型、中型、大型としてあります。

また、ハルカの武器は二十ミリ機関砲でしたが、ルイス機関銃になっています。これはアニメーションでのウィッチの使用武器が実在の銃をモチーフとしているからです。

航空機搭載武器を人間用にモデリングし直すと膨大な手間（引き金やグリップなどを新たにつけなければならない）がかかるので、アニメーションでは極力使っていません。

整合性を取るためにここでも合わせました。ハルカだけではなく、他のいらん子メンバーの武器も色々と変更してあります。

他にも細かな点を変更しましたが、元のイメージをなるべく損なわないようにしたつもりです。万が一違和感を感じるようであれば、その責はひとえに筆者に帰するものです。

最後に、美麗なイラストをつけてくれた月並甲介《つきなみこうすけ》先生に感謝を捧げます。『ブレイブウィッチーズＰｒｅｑｕｅｌ』のコミカライズをしてくれたときから、いつか挿絵も担当してもらいたいと思っていました。

ではこれで。また次巻でお目にかかりましょう。

二〇一八年　八月二日

築地俊彦

HILJAINEN NOIDAT

SUOMUSIN SOPEUTUMATTOMIEN LAIVUE

LOPPUSANAT

KousukeTsukinami

再び紡がれる始まりの物語。

それを彩るお手伝いが出来ることを

嬉しく思います。

智子が凄まじく個性的な面々に翻弄されたように、

作業中は十人十色ないらん子たちに

振り回されていました。

1冊描き終えてようやくまともに

描けるようになったかな…といった具合です。

次回はもっと素敵になった彼女たちを

お届け出来るよう精進しましょう。

作中では基本的に舞台裏の存在として

活躍した加藤武子少尉。

戦友を信じ、あえて憎まれる選択をする…

そんな強く優しい彼女の活躍も

いつかどこかで見てみたいと想いを込めて、

〆の1枚とさせて頂きます。

サイレントウィッチーズ スオムスいらん子中隊《こちゅうたい》ReBOOT《リブート》！

原案　ヤマグチノボル
原作　島田《しまだ》フミカネ＆Projekt《プロイエクト》 World《ワールド》 Witches《ウイッチーズ》
著　築地俊彦《つきじとしひこ》

角川スニーカー文庫　21153

2018年10月1日　初版発行

発行者　三坂泰二

発　行　株式会社KADOKAWA
〒102-8177 東京都千代田区富士見2-13-3
電話　0570-002-301（ナビダイヤル）

印刷所　株式会社暁印刷
製本所　株式会社ビルディング・ブックセンター

Printed in Japan　ISBN 978-4-04-107248-6　C0193

★ご意見、ご感想をお送りください★
〒102-8078 東京都千代田区富士見 1-8-19
株式会社KADOKAWA　角川スニーカー文庫編集部気付
「築地俊彦」先生／「島田フミカネ」先生
「月並甲介」先生

角川文庫発刊に際して

角川源義

第二次世界大戦の敗北は、軍事力の敗北であった以上に、私たちの若い文化力の敗退であった。私たちの文化が戦争に対して如何に無力であり、単なるあだ花に過ぎなかったかを、私たちは身を以て体験し痛感した。西洋近代文化の摂取にとって、明治以後八十年の歳月は決して短かすぎたとは言えない。にもかかわらず、近代文化の伝統を確立し、自由な批判と柔軟な良識に富む文化層として自らを形成することに私たちは失敗して来た。そしてこれは、各層への文化の普及滲透を任務とする出版人の責任でもあった。

一九四五年以来、私たちは再び振出しに戻り、第一歩から踏み出すことを余儀なくされた。これは大きな不幸ではあるが、反面、これまでの混沌・未熟・歪曲の中にあった我が国の文化に秩序と確たる基礎を齎らすためには絶好の機会でもある。角川書店は、このような祖国の文化的危機にあたり、微力をも顧みず再建の礎石たるべき抱負と決意とをもって出発したが、ここに創立以来の念願を果すべく角川文庫を発刊する。これまで刊行されたあらゆる全集叢書文庫類の長所と短所とを検討し、古今東西の不朽の典籍を、良心的編集のもとに、廉価に、そして書架にふさわしい美本として、多くのひとびとに提供しようとする。しかし私たちは徒らに百科全書的な知識のジレッタントを作ることを目的とせず、あくまで祖国の文化に秩序と再建への道を示し、この文庫を角川書店の栄ある事業として、今後永久に継続発展せしめ、学芸と教養との殿堂として大成せんことを期したい。多くの読書子の愛情ある忠言と支持とによって、この希望と抱負とを完遂せしめられんことを願う。

一九四九年五月三日